GOLDMANN

Von Bill Knox sind außerdem
als Goldmann-Taschenbücher lieferbar:

Mit falschen Etiketten (4966)
Die Spur nach Teneriffa (5011)
Seefahrt bringt Tod (5015)
Die Tote vom Loch Lomond (5025)

BILL
KNOX
Zwischenfall auf Island

AN INCIDENT IN ICELAND

Kriminalroman

GOLDMANN VERLAG

Aus dem Englischen übertragen
von Christine Frauendorf-Mössel

Made in Germany · 11/87 · 1. Auflage

Umschlagentwurf: Design Team München
Umschlagillustration: Design Team München
Druck: Elsnerdruck, Berlin
Krimi 4899
AB/Herstellung: Klaus D. Voigt
ISBN 3-442-04899-0

Die Hauptpersonen

Jonathan Gaunt	britischer Regierungsbeamter schottischer Abstammung, der mit einem heiklen Auftrag nach Island geschickt wird
Lief Ragnarson	schmuggelt Alkohol nach Island, das eine sogenannte »trockene« Insel ist, und lebt gut davon
Anna	seine Frau; steht ihm in allem wakker bei
Christine Bennet	nettes Mädchen, das wahrlich mehr Glück im Leben verdienen würde, als es hat
Harald Nordur	nach außen hin ein Erfolgsmensch unserer Zeit; in Wirklichkeit ein Halunke, der seinesgleichen sucht
Pete Close	kleiner Helfershelfer Nordurs, den persönliche Feigheit daran hindert, »größer« zu werden
Jacob Magnusson	isländischer Regierungsbeamter, der mit Jonathan Gaunt bei der Verbrechensbekämpfung ein Zweckbündnis eingeht
Inspektor Gudnason	Polizeibeamter; nicht gut auf die Briten zu sprechen, wie die meisten Isländer; leistet – neben Gaunt – den entscheidenden Beitrag, um einer Welle von Mord und Terror ein Ende zu setzen

Der Roman spielt auf Island.

Kapitel 1

Selbst der schottische Winter schien dem Gleneagles King's Course gebührenden Respekt erweisen zu wollen. Die Neuschneedecke, die auf den Bergen von Perthshire lag, endete knapp vor den Spielbahnen des bekannten Golfclubs, und die fahlgelbe Wintersonne gab sich redlich Mühe, etwas angenehmere Temperaturen zu schaffen. Allein die Vorstellung, daß in nur wenigen Kilometern Entfernung die Hänge voller Skifahrer waren, wirkte beinahe lächerlich.

Jonathan Gaunt beeindruckte das alles wenig. Er stand auf dem Erdwall hinter dem achtzehnten Loch im sogenannten Grün. Im Hintergrund lag das elegante Fünfsternehotel Gleneagles mit seinen grauen Steinfassaden. Gaunt war mittlerweile klar geworden, daß Golf für ihn kein Spiel zum Zuschauen war. Er überlegte sogar frevelhafterweise, wie viele Tonnen Kartoffeln man erwirtschaften könnte, wenn man aus dem sechseinhalb Kilometer langen Golfplatz Ackerland machen würde.

Außer Jonathan Gaunt beobachteten noch ungefähr zwölf weitere Zuschauer die beiden Golfspieler, die jetzt langsam auf das Loch im Grün zugingen. Sie hatten ihre Bälle fast gleich nah an die Lochflagge geschlagen, was ihnen den gedämpften Beifall der Umstehenden eingetragen hatte.

Gaunt zuckte mit den Achseln und sah den untersetzten Mann an, der neben ihm stand. Henry Falconer, ein leitender Beamter des ›Queen's and Lord Treasurer's Remembrancer‹, einer Unterabteilung des britischen Finanzministeriums, war in seiner ungewöhnlichen Freizeitbekleidung kaum wiederzuerkennen. Er hatte seinen üblichen dunklen Einreiher mit einer hellblauen Wollmütze, einer roten, viel zu engen Kordhose und einem grellbunten, handgestrickten Pullover vertauscht.

Falconer hatte Gaunt zu unchristlich früher Stunde angerufen und ihn aufgefordert, nach Perthshire zu kommen, Gaunts Pläne für einen gemütlichen Sonntagmorgen waren damit zunichte gemacht worden. Als Gaunt schließlich am Gleneagles Hotel eingetroffen war, hatte er Falconer auf dem Golfplatz gefunden, wo dieser fasziniert das Spiel verfolgte und entschlossen schien, sich dabei durch nichts stören zu lassen.

»Einer von beiden sollte ein Paar mit fünf Schlägen versuchen«, murmelte Falconer unvermittelt, als er Gaunts Blick auffing. »Es wird ein interessantes Finish geben.«

»Amen«, seufzte Gaunt gelangweilt.

Gaunt war erst nach drei Uhr morgens in seine Wohnung in Edinburgh zurückgekommen. Er hatte die Nacht in einem Jazzclub verbracht und dann zu Hause feststellen müssen, daß die Heizung in seinem Apartment wieder einmal nicht funktionierte. Kurz darauf hatte Falconer ihn angerufen, und die Fahrt auf teilweise vereisten Straßen in Richtung Norden war auch kein Vergnügen gewesen. In der eiskalten, klaren Luft des Hochlands hatte er Kopfschmerzen bekommen, und das Spiel unten auf dem Golfrasen war wirklich das letzte, was ihn interessierte.

Eine große, schlanke Rothaarige, die nur wenige Meter entfernt das Spiel beobachtete, erregte Gaunts Aufmerksamkeit. Gaunt konnte ihre Formen unter den vielen Pullovern und Hosen, die sie offensichtlich übereinander trug, nur ahnen. Aber das genügte bereits. Ihre Blicke trafen sich, und sie verzog das Gesicht zu einer gelangweilten Grimasse. In diesem Moment erreichten die beiden Golfspieler, ein amerikanischer Diplomat und ein arabischer Ölscheich, das Grün.

Während sich die zwei Golfspieler und ihre Caddies zum Finish bereitmachten, sah Gaunt erneut zu Falconer hinüber. Doch dieser konzentrierte sich ausschließlich auf das Spiel auf dem Rasen.

Gaunt seufzte. Ein ärgerlicher Ausdruck trat in sein kantiges, sommersprossiges Gesicht, als er die Hände tiefer in den Taschen seiner Lederjacke vergrub. Er würde warten müssen. Geduld war allerdings nicht seine starke Seite. Gerade das beanstandete Falconer häufig und redete ihm ins Gewissen, den Maßstäben gerecht zu werden, die man bei Regierungsbeamten anlegte, besonders wenn es sich um einen Revisor im Außendienst des ›Queen's Remembrancer‹ handelte.

Wie ein Regierungsbeamter sah Gaunt allerdings kaum aus. Er war Anfang Dreißig, groß und athletisch gebaut, und hatte ein kantiges Gesicht mit melancholischen grünen Augen, die sein Temperament widerspiegelten. Hätte man Falconer um eine Beschreibung Gaunts gebeten, hätte er sicher hinzugefügt, daß Gaunts zu langes, blondes Haar meistens schlecht frisiert war, daß er Erfolg bei Frauen hatte und sich immer zu leger kleidete. Gemessen am vornehmen Publikum von Gleneagles, konnte man Gaunt in seiner alten Lederjacke, der braunen Hose, dem grauen Wollhemd und den bequemen Mokassins kaum als sportlich elegant bezeichnen.

»Jetzt!« zischte Falconer plötzlich.

Im nächsten Moment ging ein enttäuschtes Raunen durch die Reihen der Zuschauer, als der Putter des Amerikaners das Loch nur um wenige Zentimeter verfehlte. Sein Gegner machte einen Schritt vorwärts, schlug seinen Ball ebenfalls mit senkrechter Schlagfläche und traf genau ins Loch. Damit hatte der Araber das Loch und die Partie gewonnen. Ein zynisches Lächeln umspielte Gaunts Mundwinkel, als der Amerikaner anschließend seinen Ball mit einem sicheren Schlag aus dem Handgelenk ins Loch beförderte.

»Er hat den Scheich absichtlich gewinnen lassen, Henry«, bemerkte Gaunt tonlos, als die beiden Spieler ihre Caddies entließen und zum Clubhaus hinübergingen. »Nennt man das Diplomatie?«

Falconer nickte enttäuscht. »Wahrscheinlich. Wir müssen eben alle unsere Opfer bringen.«

Sie blieben noch einen Moment auf ihren Plätzen stehen, während die übrigen Zuschauer die kleine Tribüne bereits verließen. Unter diesen war auch die hübsche Rothaarige. Sie ging zu dem Amerikaner hinüber, der einen Arm um ihre Schultern legte.

»Ich spendiere Ihnen einen Drink«, schlug Falconer unvermittelt vor.

In Gaunts Ohren klang diese Einladung eher wie eine Warnung.

An der Clubbar war verhältnismäßig wenig Betrieb, was Falconer nur recht zu sein schien. Er bestellte zwei Whisky der Marke ›Auchentoshan‹, gab ein paar Tropfen Wasser in jeden Drink, bezahlte und führte Gaunt zu einem freien Ecktisch. Dort nippte er eine Weile schweigend an seinem Whisky und beobachtete, wie Gaunt dasselbe tat.

»Also gut, kommen wir zur Sache«, begann er schließlich. »Sagen Sie, was halten Sie eigentlich von unserer Königin als Frau?«

»Darüber habe ich mir noch nie Gedanken gemacht«, antwortete Gaunt und zog fragend die Augenbrauen hoch. »Warum?«

»Für ihr Alter sieht sie doch noch sehr gut aus, und sie hat eine prima Figur.« Falconer spitzte nachdenklich die Lippen. »Ich persönlich mag sie. Von ihrer Familie kann ich das allerdings nicht behaupten, aber gerade mir steht ein Urteil nicht zu.«

Gaunt grinste. Henry Falconer hatte nie ein Geheimnis daraus gemacht, daß er Angst vor seiner Frau hatte. In seinem Büro in Edinburgh stand nur deshalb eine große Standuhr, weil Mrs. Falconer sie nicht in der Wohnung duldete. Sie behauptete, die Uhr würde nicht zur Tapete passen.

»Weiter«, forderte Gaunt Falconer auf. »Die Sache fängt an, interessant zu werden.«

Falconer runzelte die Stirn, trank einen Schluck Whisky und stützte die Ellbogen auf den Tisch.

»Ich meine, vielen Engländern geht es wie mir. Es gibt sogar einige treue Untertanen, die ihr testamentarisch etwas vermachen . . . es handelt sich dabei meistens um kleine Zeichen ihrer Verehrung. Wenn das passiert, dann hat unsere Abteilung damit zu tun, und das ist gewöhnlich kein Vergnügen.«

»Augenblick!« unterbrach Gaunt ihn ärgerlich. »Haben Sie mich hierherbeordert, weil irgendeine alte Jungfer der Königin eine Teekanne hinterlassen hat?«

»Nein. Ich dachte, Sie sind schon froh, wenn es nichts mit Golf zu tun hat«, sagte Falconer leichthin und musterte Gaunt dabei wachsam. »Aber eine unverheiratete Lehrerin namens Violet Douglas ist kürzlich in Aberdeen gestorben und hat ihr gesamtes Vermögen der Königin hinterlassen. Zuerst hat es so ausgesehen, als handle es sich nur um ein paar hundert Pfund, die das Königshaus sofort für karitative Zwecke gespendet hätte.« Falconer verzog das Gesicht. »Aber plötzlich ist die Sache zum Alptraum geworden. Zu Miss Douglas' Vermögen gehört auch eine fünfzigprozentige Beteiligung an einem sehr einträglichen Alkoholschmuggelgeschäft.«

»Wirklich?« Gaunt grinste ungläubig.

»Ja, wirklich!« schnaubte Falconer. Sein Gesicht nahm die Farbe seiner Golfhose an, als sich mehrere Clubgäste nach ihnen umsahen, und er fügte flüsternd hinzu: »Nur ein Bordell hätte noch schlimmer sein können.«

»Aber es ist keines«, sagte Gaunt. »Und wo hat dieses Unternehmen seinen Sitz?«

»In Island.«

»Hm, das liegt immerhin nicht zu nahe.« Gaunts Lächeln erstarrte. Die Insel Island weckte Erinnerungen in ihm, auf die er gut verzichten konnte. »Und die Kabeljaukriege sind doch jetzt vorbei, Henry.«

»Ja, aber die Isländer haben sie nicht vergessen«, entgegnete Falconer grimmig. »Wenn durchsickert, daß die Königin in den Schmuggel mit Alkohol verwickelt ist, dann schlachten sie das sicher weidlich aus.«

»Und lachen sich dabei ins Fäustchen«, bemerkte Gaunt und ahnte in diesem Moment bereits, was kommen würde. Die Sache gefiel ihm immer weniger.

»Diese Miss Douglas ist vor einer Woche gestorben ... und zwar eines natürlichen Todes«, fuhr Falconer fort. »Sie war sechzig Jahre und lag seit längerer Zeit krank darnieder.« Er trank einen Schluck Whisky. »Kurz nach ihrem Tod haben wir erfahren, daß ihr jüngerer Bruder James, ihr einziger Verwandter, bereits vor einem Monat in Island ums Leben gekommen war. Die Isländer hatten Schwierigkeiten gehabt, seine Familie in England ausfindig zu machen.«

»Er ist ums Leben gekommen? Was heißt das?« erkundigte sich Gaunt.

»Douglas hatte einen Unfall ... Es ist auf irgendeinem kleinen Flugplatz passiert.« Falconer hielt die Angelegenheit offensichtlich für unwichtig. »Er war an einer Lufttransportgesellschaft namens ›Arkival Air‹ beteiligt, die auch Charterflüge für Touristen durchführt. Douglas ist

Privatpilot gewesen. Die ›Arkival Air‹ ist nach außen hin ein durchaus solides Unternehmen. Unsere Botschaft in Reykjavik hat allerdings von Kontaktleuten bei der isländischen Polizei den Hinweis erhalten, daß eine Schmugglerorganisation dahintersteckt, welche die isländischen Einfuhrbestimmungen für Alkohol erfolgreich unterläuft.«

»Und die diesbezüglichen Gesetze sind in Island verdammt streng«, überlegte Gaunt. »Der Alkoholgenuß ist staatlich reglementiert, und es gibt nur alkoholfreies Bier. Also ein ideales Absatzgebiet für Schmuggelware.«

»Richtig.« Falconer musterte Gaunt verwirrt und überrascht zugleich. »Douglas ist jedenfalls britischer Staatsbürger mit einem Zweitwohnsitz in Schottland gewesen. Und da er kein Testament hinterlassen hat und vor seiner Schwester gestorben ist, war sie seine rechtmäßige Erbin . . . Und genau an diesem Punkt wird's für uns problematisch.« Er lehnte sich seufzend auf seinem Stuhl zurück. »Mein Chef hat die Akte gestern bekommen und mich sofort angerufen. Meine Frau hat ihm natürlich gesagt, daß ich übers Wochenende zum Golfspielen nach Gleneagles gefahren bin . . .«

»Wo sich die Leute mit den dicken Brieftaschen ein Stelldichein geben«, fiel Gaunt trocken ein.

»Ich wohne nicht im Hotel, sondern in einer kleinen Pension am Ende der Straße«, sagte Falconer. »Aber das tut nichts zur Sache. Der ›Remembrancer‹ hat mich jedenfalls hier angerufen, und wir sind übereingekommen, so schnell wie möglich einen Mann nach Island zu schikken, der Douglas' Anteile an der Firma ›Arkival Air‹ veräußern soll, bevor jemand von der Sache Wind bekommt.« Falconer machte eine Pause und sah Gaunt schadenfroh an. »Ich erwarte nicht, daß Sie jetzt vor Freude Luftsprünge machen, aber Sie werden morgen von

Glasgow abfliegen. Der Flug ist bereits gebucht.«

Eine Reise nach Island war so ziemlich das letzte, was Gaunt sich wünschte. Stirnrunzelnd lehnte er sich auf seinem Stuhl zurück, zündete sich eine Zigarette an und suchte krampfhaft nach einem Ausweg.

»Ich sollte doch eigentlich unseren Kollegen von der Industrieaufsicht bei der Aufklärung der Steuerhinterziehungssache bei der Küstenschiffahrt helfen . . .«

»Das hat Zeit«, unterbrach Falconer ihn brüsk. »In Island werden Sie kaum Schwierigkeiten haben. Die Isländer sind im großen und ganzen sehr zivilisierte Leute. Die Landessprache soll angeblich ein schrecklicher germanischer Dialekt aus dem zwölften Jahrhundert sein, aber die meisten sprechen ein besseres Englisch als wir.«

»Sind alle rechtlichen Schritte hier eingeleitet? Ich meine Testamentsvollstrecker, Anwälte, das Nachlaßgericht . . .«

»Alles schon erledigt.« Falconer strahlte über das ganze Gesicht. »Violet Douglas' Testamentsvollstrecker ist ein angesehener schottischer Anwalt, der auf einen Titel scharf ist. Und wenn es um das Ansehen der Krone geht, hat der ›Queen's Remembrancer‹ natürlich besondere Vollmachten.«

»Die Sache kann also hingebogen werden.« Gaunt nickte trübsinnig.

Falconer hatte recht. In kritischen Situationen fand der hohe Regierungsbeamte, der den mittelalterlichen schottischen Titel des ›Remembrancer‹ trug, immer einen Ausweg.

Im Mittelalter hatten die ›Remembrancer‹ des Königs nur auf diese Weise Kopf und Kragen retten können. Damals sind sie noch die Kammerdiener des jeweiligen Souveräns gewesen, denen vorrangig die Aufgabe zugekommen war, den König oder die Königin an wichtige Dinge zu erinnern.

Im Laufe der Jahrhunderte hatten sich jedoch auch dieses Amt und sein Aufgabenbereich gewandelt. Der ›Remembrancer‹ des zwanzigsten Jahrhunderts hat seinen Sitz im Gebäudekomplex des schottischen Finanzministeriums in der George Street in Edinburgh. Seine Abteilung umfaßt zwar nur knapp siebzig Mitarbeiter, die jedoch an fast allen wichtigen Regierungsgeschäften in Schottland beteiligt waren. Der ›Remembrancer‹ hat sogar ein eigenes Gericht, und in seiner Abteilung werden Fälle bearbeitet, für die niemand sonst zuständig ist.

»Was ist los?« erkundigte sich Falconer ungeduldig.

Gaunt fuhr aus seinen Gedanken auf und rieb sich das Kinn. »Nichts. Jedenfalls nichts Besonderes. Ich habe nur nachgedacht.«

»Wirklich?« Falconer musterte Gaunt beinahe besorgt. »Sie nehmen doch normalerweise gern jede Gelegenheit, zu verreisen, wahr. Vor allem, wenn Sie ... nun, wenn Sie ein privates Problem haben.«

Gaunt verzog sein Gesicht zu einem halbherzigen Grinsen und schüttelte den Kopf. Sein Gegenüber war einer der wenigen Leute, die ihn wirklich gut kannten. Allerdings gab es einen Punkt in Gaunts Leben, von dem Falconer entweder nichts ahnte, oder den er momentan vergessen hatte.

»Na gut.« Falconer war offensichtlich erleichtert. »Was machen Ihre Börsengeschäfte?«

»Hm, da sieht's schlecht aus«, mußte Gaunt zugeben. Falconer wußte, daß Gaunt gern an der Börse spekulierte. »Meine Zinnaktien sinken täglich. Dabei wollte ich damit meinen Urlaub finanzieren.«

»Erwarten Sie von mir bitte kein Mitleid«, murmelte Falconer mit unbewegter Miene. »Ich muß heute abend zu meiner Frau zurück.« Er trank sein Glas Whisky aus und warf einen bedeutungsvollen Blick auf die Uhr. »Schade, daß Sie zum Mittagessen nicht bleiben können. Sobald Sie wieder in Edinburgh sind, bringt ein Bote Ihnen die Akte, das Flugticket und alles, was Sie brauchen. Je weniger Leute wissen, daß Sie in Island sind, desto besser. Morgen kommen Sie am besten nicht mehr ins Büro. Ich werde sagen, Sie hätten sich krank gemeldet.«

Damit war für Falconer die Unterredung offensichtlich beendet. Gaunt stand auf.

»Bleiben Sie noch hier, Henry?« fragte er.

»Natürlich. Schließlich bin ich hergekommen, um Golf zu spielen«, erwiderte Falconer grimmig. »Wenn man erst mal in meinem Alter ist, dann läßt man sich nicht so leicht von was abbringen.«

»Ich werd's mir merken«, antwortete Gaunt. »Leute wie Sie gibt es leider nur wenige.«

Damit verließ er das Clubhaus und ging zum Parkplatz hinüber, auf dem fast ausschließlich Bentleys und Rolls-Royce-Limousinen standen. Gaunts staubiger Chrysler Alpine wirkte dort beinahe deplaciert.

Jonathan Gaunt stieg in sein Auto, ließ den Motor an, schaltete die Heizung ein, zündete sich eine Zigarette an und rauchte ein Weilchen nachdenklich.

Island, dachte er. Er war vor einigen Jahren schon einmal kurz auf der Insel gewesen. Danach hatte er das Bedürfnis gehabt, sie nie mehr wiederzusehen.

Lieutenant Jonathan Gaunt, Angehöriger des königlich britischen Fallschirmjägerregiments, war damals im Rahmen einer NATO-Übung mit seiner Truppe von England aus zum amerikanischen Luftwaffenstützpunkt Keflavik auf Island geflogen. Eine Stunde nach der Landung auf der Insel waren sie erneut mit einem Flugzeug ins Landesinnere unterwegs gewesen, wo sie über einer der Lavawüsten abspringen sollten, welche die Isländer ›Obyggdir‹

nennen. Dort sollte dann das Kriegsspiel mit den Amerikanern beginnen.

Theoretisch war es eine glatte, einfache Sache gewesen. Aber dann hatte sich sein Fallschirm nicht geöffnet, und was sich dann zugetragen hatte, war ein schrecklicher Alptraum gewesen. Als die Amerikaner eintrafen, konnten sie ihn nur noch mit gebrochenem Rückgrat ins nächste Krankenhaus fliegen. Seine Offiziers-Karriere war damit beendet gewesen.

Gaunt zuckte mit den Schultern und zog an seiner Zigarette. Damals war es Sommer mit Mitternachtssonne, Regen und schwarzen Fliegenschwärmen gewesen. Der isländische Winter war sicher nicht minder ›interessant‹.

Er legte die Hand auf den Knauf des Schalthebels und wollte gerade losfahren, als ein kleiner, azurblauer Volkswagen auf den Parkplatz einbog. Die Fahrerin, eine elegante, ungefähr fünfunddreißigjährige Brünette mit guter Figur, stieg aus.

Für Jonathan Gaunt war sie keine Unbekannte. Sie hieß Hannah und war Henry Falconers Sekretärin. Ihrer Kleidung nach zu schließen, kam sie heute allerdings wohl kaum zum Arbeiten nach Gleneagle.

Gaunt lächelte vor sich hin. Er wartete, bis die hübsche Brünette im Clubhaus verschwunden war, dann fuhr er aus der Parklücke heraus.

Das, was Hannah in Gleneagle machte, ging ihn wirklich nichts an.

Auf der achthundert Kilometer langen Strecke zwischen Glasgow und Keflavik verkehrten Maschinen vom Typ Boeing 727 von der Fluggesellschaft ›Icelandair‹, die man der Werbewirksamkeit halber ›Saga-Jets‹ getauft hatte.

Am Spätnachmittag des folgenden Montags stieß eine

dieser Maschinen, die außerhalb der Touristensaison nur halb besetzt war, beim Landeanflug durch die dichte Wolkendecke und war plötzlich mitten in einem Schneesturm.

Jonathan Gaunt hörte von seinem Fensterplatz in der Touristenklasse aus, wie die Triebwerke der Boeing erneut aufheulten. Dann neigte sich die Maschine leicht zur Seite und machte eine weite Schleife. Der Grund für dieses Manöver war für jeden Fluggast unschwer zu erkennen. Dicke Schneeflocken wirbelten gegen die Scheiben des Flugzeugs, und tief unten auf dem Zielflugplatz blinkten rote Warnleuchten in der Dämmerung der schon früh hereinbrechenden nordischen Winternacht, als Schneepflüge fieberhaft gegen die Schneedecke auf der Hauptstart- und -landebahn ankämpften.

Gaunt seufzte resigniert, lehnte sich auf seinem Sitz zurück, sah, daß das ›No smoking‹-Zeichen noch aufleuchtete und nahm die Akte aus dem Büro des ›Remembrancer‹ aus dem Aktenkoffer.

Wie Falconer versprochen hatte, war die Akte kurz nach Gaunts Rückkehr nach Edinburgh zusammen mit dem Flugticket, der Quittung über eine Hotelreservierung und einem dicken Bündel isländischer Kronenscheine samt Spesenabrechnungsformularen der Finanzbuchhaltung von einem Boten bei ihm abgegeben worden.

Die wenigen Stunden, die Gaunt an diesem Sonntag noch verblieben waren, hatte er allerdings nicht mit dem Aktenstudium, sondern mit Freunden beim Poker und mit einer hübschen Brünetten verbracht, die sich als Physiotherapeutin eines Krankenhauses nicht nur für seine Rükkenmuskeln interessierte, sich jedoch im Laufe der Zeit an die Tatsache hatte gewöhnen müssen, daß Gaunt sich nicht fester binden wollte.

Trotzdem hatte der Abend nicht ganz so geendet, wie beide es sich vorgestellt hatten, und Gaunt war in seinem

Bett nachts mehrmals schweißgebadet aus Alpträumen aufgewacht, in denen er den Fallschirmabsturz wieder erlebt hatte. Am folgenden Morgen war er schließlich müde und zerschlagen aufgestanden, hatte seine Reisetasche gepackt, der Zugehfrau eine kurze Nachricht hinterlassen und war mit seinem Wagen zum Flugplatz nach Glasgow gefahren.

Während die Boeing weiter über Keflavik kreiste, versuchte Gaunt seine Erinnerungen energisch auszuschalten. Er hatte die Akte während des Fluges bereits zweimal durchgelesen, und als er sie nun erneut überflog, prägte er sich die wichtigsten Informationen ein.

Da war zuerst das kurze Schreiben eines Anwalts aus Aberdeen, der Violet Douglas' Testamentsvollstrecker gewesen war, und der Gaunt darin formell sämtliche Vollmachten bezüglich des Vermögens der Toten übertragen hatte. Es folgten die Fotokopien von Briefen und Schriftstücken aus der Korrespondenz der britischen Botschaft in Reykjavik, die Violet Douglas als einzige Verwandte und Erbin ihres Bruders ausfindig gemacht hatte.

Gaunt überblätterte diesen Teil der Akte und befaßte sich dafür eingehender mit dem vertraulichen Bericht eines Botschaftsangehörigen, der die Angelegenheit damit abzuschließen gehofft hatte, ohne zu ahnen, wieviel Staub sie noch aufwirbeln würde.

Zum Zeitpunkt seines Ablebens hatte James Douglas 49% des Firmenkapitals der Arkival Air besessen, die als zwar kleiner, aber finanziell gesunder Betrieb galt. Damit hatte Douglas die auf der Insel gesetzlich zulässige maximale Anteilsmenge für Ausländer an einem isländischen Unternehmen innegehabt. Die restlichen 51 % gehörten dem Geschäftsführer der Firma, einem gewissen Lief Ragnarson. Abgesehen von den Büros, Hangars und ähnlichen Einrichtungen stellten zwei zweimotorige Sportflugzeuge vom Typ ›Cessna‹ die wichtigsten Vermögenswerte der Firma dar, und der Botschaftsangehörige wies in seinem Bericht darauf hin, daß die beiden Maschinen einen Schätzwert von mehr als hunderttausend Pfund hatten.

Der letzte Abschnitt des Berichts war besonders wichtig, denn darin hieß es wörtlich:

›Ausstehende Kredite reduzieren das Firmenvermögen allerdings erheblich. Miss Douglas' Anwalt sollte im übrigen darauf hingewiesen werden, daß eine Übernahme ihrer Anteile an der Firma Arkival Air peinliche Konsequenzen haben könnte. Ermittlungen der isländischen Polizei haben schon seit längerer Zeit Hinweise darauf ergeben, daß die Firma als Tarnung für ein großangelegtes Alkoholschmuggelunternehmen mißbraucht wird. Bisher fehlen jedoch für eine gerichtliche Verfolgung noch ausreichende Beweise, da das isländische Alkoholgesetz bei einem großen Teil der Bevölkerung sehr unbeliebt ist. Lief Ragnarson, ein sehr tatkräftiger Mann, scheint nach Informationen der Polizei der Chef der Schmugglerorganisation zu sein, und man muß daher annehmen, daß auch der verstorbene James Douglas in die Sache verwickelt war.‹

Gaunt schlug seufzend die Akte zu, verstaute sie wieder in seiner Tasche und nahm die Montagsausgabe der ›Financial Times‹ zur Hand. Seine Bergwerksaktien standen so schlecht wie immer. An diesem Tag rechnete er sich jedoch genau aus, wieviel er bisher verloren hatte, und wünschte dann, er hätte es nicht getan.

Die Boeing mußte noch zweimal über Keflavik kreisen, bevor sie endlich die Landeerlaubnis erhielt. Dann allerdings verlor der Pilot keine Zeit mehr. Die Maschine neigte sich so abrupt zur Seite, daß das Bordpersonal aufgeregt durcheinanderlief. Sekunden später hatte die

Boeing aufgesetzt und raste an den blinkenden Begrenzungsleuchten der Landebahn vorbei durch eine graue Wand von durcheinanderwirbelnden Schneeflocken. Schließlich bog die Maschine von der Landebahn ab und rollte langsam vor das hellerleuchtete Flughafengebäude. Dort wartete eine kleine Gruppe mit dicken Kapuzenanoraks bekleideter Leute vom Bodenpersonal, und die ersten Fluggäste stiegen aus.

Gaunt schlug den Mantelkragen hoch, als er ins Freie trat, und lief wie die anderen mit eingezogenem Kopf den nur notdürftig freigeschaufelten schmalen Weg zwischen Gangway und Flughafengebäude entlang. Vor der Abfertigungshalle lag bereits eine gut zwei Meter hohe, aufgeschüttete Schneemauer, und es schneite unvermindert heftig weiter. Warme Heizungsluft schlug ihm wie eine Welle entgegen, als er das Gebäude betrat. Ein untersetzter, gelangweilt aussehender Beamter drückte einen Stempel in Gaunts Paß, dann konnte dieser den Durchgang zur Gepäckausgabe passieren.

Gaunt stellte sich vor ein Werbeplakat, zündete sich eine Zigarette an und betrachtete seine Mitreisenden genauer. Es waren einige Geschäftsleute mit den üblichen müden Gesichtern darunter, die man fast immer in Flugzeugen trifft. Die meisten anderen schienen heimkehrende Isländer zu sein, die bereits eifrig mit dem Bodenpersonal die neuesten Nachrichten und den neuesten Klatsch austauschten.

Drei Männer allerdings, die sich von den übrigen etwas abgesondert hatten, fielen Gaunt besonders auf. Alle drei waren ungefähr Ende Zwanzig, trugen sportlich elegante Kleidung, und jeder hatte eine kleine, orangefarbene Flugtasche über der Schulter. Wie Touristen sahen sie jedoch nicht aus. Während zwei sich angeregt unterhielten, schweiften die Blicke des dritten unaufhörlich und aufmerksam durch die Abfertigungshalle.

Dann kam das erste Gepäck auf dem Förderband, und die Reisenden drängten nach vorn. Gaunt entdeckte seine abgewetzte Reisetasche, nahm sie vom Band und ging auf den Durchgang mit der Aufschrift ›Nothing to Declare‹ zu. Die drei Männer mit den orangeroten Umhängetaschen waren unmittelbar vor ihm. Der Zollbeamte gab ihnen ein Zeichen, zu passieren, während er Gaunt anhielt.

»Sind Sie Tourist?« erkundigte er sich grinsend.

»Nein, ich bin geschäftlich unterwegs.« Gaunt öffnete seine Reisetasche und sah zu, wie der Mann den Inhalt flüchtig untersuchte. »Das heißt, falls ich bei diesem Wetter überhaupt nach Reykjavik komme.«

»Sie meinen wegen des Schnees? Oh, das ist noch gar nichts. Das bißchen sieht man ja kaum.« Der Zöllner machte zufrieden lächelnd die Reisetasche wieder zu. »*Takk* . . . wo werden Sie wohnen?«

»Im Loftleidir Hotel.«

»Dann haben Sie Glück. Der Flughafenbus bringt Sie bis vor die Haustür. Ich wünsche Ihnen einen angenehmen Aufenthalt.« Er winkte Gaunt durch.

Gaunt lief durch den schmalen, düsteren Korridor zum Ausgang. Als er in die Dunkelheit hinaustrat, schneite es noch immer in dichten Flocken, doch der Flughafenbus wartete bereits direkt gegenüber. Plötzlich erregte ein grellroter Kleinbus Gaunts Aufmerksamkeit, der hinter dem Flughafenbus parkte. Auf den Seitentüren stand in großen, schwarzen Buchstaben ›Arkival Air‹, und die drei Männer, die ihm schon in der Abfertigungshalle aufgefallen waren, stiegen gerade ein.

Einer plötzlichen Eingebung folgend, machte Gaunt kehrt und ging direkt auf den Kleinbus zu, als dessen Türen zugeschlagen wurden und der Motor aufheulte. Scheinwerfer flammten auf, und der Kleinbus raste so schnell davon, daß Fontänen von Schneematsch hinter seinen Reifen aufspritzten. Im letzten Augenblick sah Gaunt noch eine dunkelhaarige, attraktive junge Frau am Steuer und zählte insgesamt sechs Männer als Fahrgäste.

Dann war der Kleinbus um die nächste Ecke gebogen, und Gaunt bestieg den Flughafenbus. Der Fahrer, ein kleiner Mann mit Glatze und einer Zigarette im Mundwinkel, nickte ihm freundlich zu.

»Wer kann den Bus von ›Arkival Air‹ benutzen?« erkundigte sich Gaunt, während er einen Fahrschein löste.

»Die Leute, die bei der Firma gebucht haben«, antwortete der Fahrer und zuckte mit den Achseln. »Die fliegen allerdings vom Inlandflughafen in Reykjavik und nicht von hier. Deshalb unterhält die Firma einen eigenen Zubringerdienst, wenn Fluggäste mit internationalen Linien ankommen.«

»Verkehrt der Bus oft?«

»Ja, ziemlich oft.«

»Hat die Gesellschaft einen guten Ruf?« fragte Gaunt.

»Um solche Dinge kümmere ich mich nicht. Diese Leute haben es nicht gern, wenn Außenstehende zu viele Fragen stellen.« Er musterte Gaunt stirnrunzelnd. »Gefällt Ihnen mein Bus vielleicht nicht, *Herra*?«

»Doch, er ist ganz nett«, antwortete Gaunt, ohne eine Miene zu verziehen. »Aber die Firma Arkival hat eine hübschere Fahrerin.«

Der Mann grinste und entblößte dabei einige abgebrochene Zähne. Dann wandte er sich dem nächsten Fahrgast zu.

Keflavik – Flughafen, U. S.-Militärstützpunkt und Stadt – breitet sich auf einer Landzunge in Islands südwestlicher Halbinsel aus. Von dort nach Reykjavik fährt man mit dem Wagen ungefähr sechsundfünfzig Kilometer auf schmaler Straße, die meistens an der Küste entlangführt.

Die Flughafenbusse verkehren in kurzen Abständen, und der Fahrer schien von Anfang an entschlossen, zu beweisen, daß einige Zentimeter Schnee auf einer Straße in Island kein Grund seien, langsamer zu fahren. Mit geräuschvoll arbeitenden Scheibenwischern fuhr der Bus vom Flugplatz ab, passierte die Kontrolltore der U. S.-Luftwaffe und erhöhte schnell die Geschwindigkeit, sobald er die schmale, aber verkehrsreiche Landstraße erreicht hatte.

Dann hörte es auf zu schneien, und die Sicht wurde besser. Sie kamen an einigen Autos vorbei, die offensichtlich ins Schleudern geraten waren und leicht lädiert und schräg im Straßengraben lagen. Sonst aber herrschte flüssiger Verkehr. Den Rest verschlang die Dunkelheit. Gaunt schloß die Augen, lehnte sich zurück und versuchte den ihm altbekannten Schmerz im Rücken zu ignorieren.

Als er die Augen schließlich wieder aufschlug, hatten sie den Stadtrand von Reykjavik erreicht. Der Blizzard hatte offensichtlich keinen Schaden angerichtet, denn es herrschte normaler Fußgänger- und Autoverkehr. Schülerlotsen stoppten den Flughafenbus von Zeit zu Zeit und führten Kinder, die aus der Schule kamen, über die Straße. Und als der Himmel aufklarte, schien der Mond auf die Wellblechdächer der Apartmentblocks und Bungalows in den Vorstädten. Dann ließen sie den hellerleuchteten Stadtkern links liegen und bogen auf die Ringstraße ein, die um den Inlandsflughafen herumführte. Das Hotel Loftleidir, ein großes, modernes Gebäude, lag am äußersten Ende des Flugplatzes und war nur durch einen hohen Maschendrahtzaun von einigen parkenden Sportflugzeugen getrennt.

Gaunt stieg aus dem Bus, ging in die Hotelhalle, meldete sich am Empfang und folgte dann einem jungen Hotelboy zu dem für ihn reservierten Zimmer. Als sich die Tür hinter ihm geschlossen hatte, sah er sich zufrieden in dem sauberen, mit skandinavischen Möbeln gemütlich eingerichteten Raum um. Dann warf er Mantel und Jackett auf einen Stuhl und trat ans Fenster. Von dort hatte man einen Blick auf die Straße und die Start- und Landebahn des Inlandsflughafens. Er beobachtete den Start eines mittelgroßen Frachtflugzeugs, wandte sich ab, nahm die Schachtel mit Schmerztabletten aus seiner Reisetasche, schluckte zwei davon und legte sich aufatmend auf das Bett. Solange er in Bewegung war, war alles gut, aber sobald er sich in einer Haltung verkrampfte, wurden die Schmerzen im Rücken unerträglich.

Plötzlich klingelte das Telefon auf dem Nachttisch. Gaunt fluchte unterdrückt, rollte sich auf die Seite und hob den Hörer ab.

»*Herra* Gaunt?« fragte eine rauhe, selbstbewußt klingende Männerstimme. »Hier spricht Lief Ragnarson. Ich habe ein Telegramm aus Schottland bekommen, in dem man mir Ihre Ankunft angekündigt hat. Wir sollten uns vielleicht mal unterhalten.«

»Sie haben es ja verdammt eilig.« Gaunt runzelte überrascht die Stirn und setzte sich auf. »Na gut. Wo sind Sie jetzt?«

»Unten in der Hotelbar.« Ragnarson lachte leise. »Halten Sie nach einem dicken Mann Mitte Vierzig Ausschau . . . oder fragen Sie einfach nach mir. Die meisten hier kennen mich.«

Gaunt hängte ein und stand auf. Er wußte, daß sein Büro in Edinburgh Ragnarson ein Telegramm geschickt hatte, aber er hatte mit dieser prompten Reaktion nicht gerechnet. James Douglas' Partner war offensichtlich brennend daran interessiert, zu erfahren, was die Engländer vorhatten. Vielleicht war dieses Interesse auch ein wenig übertrieben. Gaunt zog seine Krawatte fest, knöpfte sein Jackett zu und warf einen Blick in den Spiegel. Sein grauer Tweedanzug war von der Reise zerknittert, und sein verwaschenes blaues Oberhemd, das er aus Bequemlichkeit angezogen hatte, war auch nicht gerade umwerfend. Trotzdem sah er ganz passabel aus. Nachdem er sich vergewissert hatte, daß sein Aktenkoffer verschlossen war, ließ er ihn auf dem Stuhl liegen und ging hinaus.

Kapitel 2

Die Hotelbar war gut besetzt. Gaunt entdeckte den korpulenten Mann sofort, der allein an einem Tisch an der Wand saß. Über seiner Stuhllehne hing ein grüner Parka, und der Mann nickte ihm grinsend zu.

»Willkommen in Reykjavik«, begrüßte Lief Ragnarson Gaunt, stand auf und verzog sein breites Gesicht zu einem vorsichtigen Lächeln. Ragnarson war mittelgroß, breitschultrig und muskulös. Er trug einen weißen, dicken Islandpullover und eine graue Flanellhose. Sein Haar war rot, die Augen waren dunkelbraun, und er hatte einen äußerst festen Händedruck. »Setzen Sie sich«, forderte er Gaunt auf. »Wenn Sie wie Jamie Douglas Schotte sind, trinken Sie sicher Whisky. Trotzdem rate ich Ihnen, mal unseren *brennivin* zu probieren. Einverstanden?«

»Ja, danke, gern.« Gaunt setzte sich und beobachtete schweigend, wie Ragnarson dem Ober winkte und Schnaps bestellte.

»Woher wußten Sie, daß ich angekommen bin?«

»Ich habe einen Freund beim Bodenpersonal in Keflavik«, antwortete Ragnarson und musterte ihn aufmerksam. »Ich habe, offengestanden, erwartet, daß jemand rüberkommen würde, um die Sache zu regeln, aber eines verstehe ich nicht ganz: Man hat mir gesagt, daß Jamie eine Schwester in Schottland hatte, von der wir nichts wußten. Das Telegramm kam allerdings von einer britischen Regierungsstelle. Wie ist das zu erklären?«

»Mr. Douglas' Schwester ist kurz vor ihm selbst gestorben.« Gaunt kam der folgende Satz glatt über die Lippen: »Es gibt Steuerprobleme und rechtliche Schwierigkeiten. Außerdem können keine weiteren Familienangehörigen ermittelt werden. Ihre Anwälte mußten sich deshalb praktisch an uns wenden.«

»Steuerprobleme?« wiederholte Ragnarson, und seine Miene wurde hart. »Dann sind Sie also sowas wie ein amtlicher Grabräuber?«

»Nein, damit habe ich nichts zu tun«, entgegnete Gaunt gelassen. »Ich bin lediglich eingesprungen, um die Sache schnell über die Bühne gehen zu lassen. Das ist doch auch in Ihrem Interesse, oder?«

Ragnarson nickte zögernd. In diesem Moment kam der Ober mit zwei Schnapsgläsern. Ragnarson hob sein Glas.

»Auf Sie«, prostete er Gaunt zu. Während sie tranken, beobachtete er Gaunts Reaktion amüsiert. »Ich hätte Sie warnen müssen. Unser *brennivin* wird auch ›schwarzer Tod‹ genannt.«

Gaunt nickte stumm. Das scharfe Getränk hatte ihm sekundenlang den Atem verschlagen.

Ragnarson trank gelassen einen zweiten Schluck, stellte sein Glas auf den Tisch und sah sich flüchtig in der Bar um. Die Mehrzahl der Gäste schienen Isländer zu sein. Einige winkten Ragnarson lächelnd zu.

☆

Schließlich konzentrierte er sich wieder auf Gaunt und trommelte nachdenklich mit den Fingern auf die Tischplatte.

»Sie haben behauptet, Sie seien hier, um die Angelegenheit schnell zu erledigen. Wie wollen Sie das tun?«

»Nun, zum Beispiel, indem ich Ihnen die Firmenanteile Ihres ehemaligen Partners zum Kauf anbiete«, erwiderte Gaunt prompt. »Ohne Feilschen und zu einem fairen Preis. Machen Sie mir ein Angebot.«

»Haben Sie die nötigen Vollmachten?« Ragnarson zog erstaunt die Augenbrauen hoch.

»Ja, sogar schriftlich«, versicherte Gaunt. »Allerdings muß ich zuerst wissen, was ich verkaufe. Dann natürlich . . .«

»Hm, ich verstehe.« Ragnarson nickte nachdenklich. »Und ich brauche etwas Zeit, um mit meiner Frau und meiner Bank die Sache zu besprechen. Aber ich bin jedenfalls interessiert.« Er machte eine Pause und fügte dann hinzu: »Ich habe einen Vorschlag: Wenn Sie eine Stunde erübrigen können, dann holen Sie doch mal Ihren Mantel und fahren mit mir zu unserem Büro und sehen sich alles an.«

Gaunt war einverstanden. Sie verließen die Bar, und Ragnarson wartete in der Hotelhalle, bis Gaunt seinen Mantel geholt hatte. Dann gingen sie durch knirschenden Schnee zum Parkplatz, wo Ragnarsons älterer grüner Saab stand. Die Sitze waren schäbig und abgewetzt, doch der Motor sprang sofort an.

»Mistwetter«, murmelte Ragnarson und fuhr los. »Wir mußten heute morgen einige Flüge absagen und konnten mit Müh und Not einen Passagierflug heute nachmittag einsetzen. Das war kurz bevor ich in Ihr Hotel gekommen bin.«

»In Keflavik habe ich einen Minibus der Arkival Air gesehen«, bemerkte Gaunt.

»Tja, wir haben nur einen von der Sorte«, klärte Ragnarson ihn gelassen auf. »Wir sind keine große Fluggesellschaft. Unser Bus mußte fünf Kursteilnehmer abholen, die nach Alfaburg fliegen wollten.« Ragnarson fuhr die Ringstraße um den Inlandsflughafen entlang und fluchte, als ein überholender Lastwagen eine Ladung Schneematsch hochwirbelte. »Kennen Sie die Schule in Alfaburg?«

Gaunt schüttelte verneinend den Kopf.

»Sie . . . sie ist so eine Art Trainingslager für angehende Industriemanager.« Ragnarson grinste. »Ein Schwede namens Harald Nordur leitet das Institut, das in totaler Abgeschiedenheit in der Umgebung von Alfaburg liegt. Es ist praktisch nur mit dem Flugzeug zu erreichen. Seine Schüler sind hoffnungsvolle Nachwuchsmanager, die von ihren Firmen aus aller Welt dorthin geschickt werden. Sie verbringen zwei Wochen im Lager und müssen einen sogenannten Testlehrgang mitmachen. Das heißt, sie werden wie die Pfadfinder in der Lavawüste herumgescheucht. Sie kennen das sicher.«

»Wenn man überlebt, bekommt man 'ne schöne Urkunde«, bemerkte Gaunt trocken. Er hatte von diesen Überlebenskursen gehört. Bei großen Industrieunternehmen war es modern geworden, junge, hoffnungsvolle Angestellte auf diese Weise besonderen Härtetests zu unterziehen. Er mußte unwillkürlich lächeln. In der Armee kam dabei meistens nur heraus, wer die besten Pokerrunden organisieren konnte. »Wie viele Schüler nimmt das Institut jeweils auf?«

»Das kommt darauf an . . . Die Zahlen liegen zwischen zehn und zwanzig . . . aber mehr als zwanzig sind es nie.«

Ragnarson fuhr langsamer und bog dann durch ein offenes Tor im Drahtzaun auf das Flughafengelände ein, und sie holperten einen schmalen, schneebedeckten Weg entlang, der hinter Hangars und zum Teil dunklen, zum Teil erleuchteten Baracken vorbeiführte. Die große Start- und Landebahn lag wie ein schwarzes Band verlassen da. Ein Sportflugzeug war gerade gelandet, während ein anderes langsam zum Start rollte.

Ragnarson parkte vor einem großen Hangar mit einem Büroanbau auf der linken Seite. Über dem Bürogebäude stand in großen Leuchtbuchstaben ARKIVAL AIR. Ragnarson stellte den Motor ab und schickte sich an, auszusteigen.

»Nur noch eine Frage«, hielt Gaunt ihn zurück. »Wie ist Jamie Douglas eigentlich ums Leben gekommen?«

»Er hat einen verhängnisvollen Fehler gemacht«, antwortete Ragnarson seufzend. »Sehen Sie unseren Sendemast dort drüben?«

Ragnarson deutete auf eine schlanke Silhouette, die hoch über das Bürogebäude hinausragte, und an deren Spitze ein Warnlicht blinkte.

Gaunt nickte.

»Das ist Jamies Lieblingsspielzeug gewesen.« Ragnarson stützte die Ellbogen auf das Lenkrad. »Es ist ihm zum Verhängnis geworden. Alles, was wir wissen, ist, daß er eines Nachts hierhergekommen ist, um eine Arbeit zu vollenden. Und am nächsten Morgen lag er tot auf dem Dach am Fuß des Funkmastes. Ein Funkkabel war gerissen, und er hatte Werkzeuge bei sich, um es zu reparieren . . . Aber der Sender im Büro war noch immer eingeschaltet.«

Gaunt pfiff leise durch die Zähne. »Er ist also durch einen Stromschlag getötet worden?«

Ragnarson nickte. »Wir haben einen ziemlich starken Sender . . . Und da der Funksender eingeschaltet war . . .« Ragnarson zuckte die breiten Schultern.

»Das Wetter ist an jenem Tag verdammt schlecht gewesen, und Jamie war fast die ganze Zeit mit seiner Maschine unterwegs.«

»Und wenn man müde und überarbeitet ist, wird man nachlässig«, ergänzte Gaunt leise. »Wer hat ihn gefunden?«

»Ich«, antwortete Ragnarson beinahe schroff. »Wollen wir jetzt reingehen?«

Sie stiegen aus, und Ragnarson führte Gaunt zu einem kleinen Nebeneingang an der schmaleren Seite des Hangars.

Drinnen in der Halle war es warm und hell. An einer Seitenwand parkte der rote Kleinbus. Im Hintergrund erkannte Gaunt einen Lieferwagen und zwei andere Autos, und in der Mitte stand eine schnittige zweimotorige Cessna, die sechs Passagiere faßte. An einem der Motoren arbeitete ein schlaksiger Mann mit Halbglatze und einem Pferdegesicht. Ragnarson bedeutete Gaunt, zu warten, und ging auf den Mechaniker zu. Die beiden unterhielten sich kurz, dann schüttelte der Mann im Overall den Kopf. Schließlich klopfte Ragnarson dem Mechaniker auf die Schulter und kehrte zu Gaunt zurück.

»Das ist Pete Close, unser Mechaniker . . . ein Engländer, der so schlau war, eine Isländerin zu heiraten«, erklärte Ragnarson und führte Gaunt quer durch die Flugzeughalle zu einer Tür. »Pete ist Pessimist und nimmt immer alles schwerer als es ist. Wir hatten Probleme mit der Einspritzpumpe bei dem einen Motor der Cessna. Er hat's natürlich repariert, aber ohne Jammern und Wehklagen geht sowas bei ihm nicht.«

»Das ist das Vorrecht aller Ingenieure«, stimmte Gaunt ernst zu. »Wann kommt Ihre zweite Maschine zurück?«

»In ungefähr einer Stunde . . . das hängt davon ab, wie schnell sie in Alfaburg wieder starten kann. Aber der Schneesturm war regional begrenzt. Sie dürfte also verhältnismäßig pünktlich wieder hier sein.« Ragnarson öffnete die Tür, und sie gingen durch einen schmalen Korridor. »Kennen Sie sich im Luftfahrtgeschäft aus?«

»Nein. Ich kaufe ein Ticket und hoffe, daß der Pilot sein Geschäft versteht«, antwortete Gaunt.

»Dann geht's Ihnen wie mir. Sobald die Dinger in der Luft sind, hört's bei mir auf«, gestand Ragnarson achselzuckend. »Jamie ist da ganz anders gewesen. Er hat abwechselnd mit unseren beiden anderen festangestellten Piloten selbst die Maschinen geflogen. Die zwei müssen jetzt Überstunden machen.«

Inzwischen hatten sie den Bürotrakt erreicht und betraten einen großen Raum, in dem mehrere Schreibtische und Aktenschränke standen. Hinter einem der Schreibtische saß an einer Schreibmaschine eine große, stattliche blonde Frau Mitte Vierzig. Sie hörte auf zu tippen, als sie die Männer sah, stand lächelnd auf und warf Ragnarson einen flüchtigen, fragenden Blick zu.

»Darf ich Ihnen den eigentlichen Boss der Firma vorstellen?« begann Ragnarson stolz. »Das ist meine Frau, Anna Jorgensdottir . . . Anna, das ist der Jonathan Gaunt, der uns bereits telegrafisch angekündigt worden ist.«

Anna Jorgensdottir trug ein blaues Schneiderkostüm mit einer weißen Bluse. Sie war etwas größer als ihr Mann und ebenso athletisch gebaut. Ihr langes, blondes Haar wurde an manchen Stellen bereits grau, doch sie war noch immer eine sehr attraktive Frau.

»Sagen Sie ruhig Anna zu ihr«, schlug Ragnarson vor, als seine Frau Gaunt die Hand kräftig schüttelte. »Wir nennen uns hier alle nur beim Vornamen, okay?«

Gaunt nickte. In einem Land, in dem Telefonteilnehmer manchmal nur unter ihrem Vornamen registriert waren, Frauen normalerweise ihren Mädchennamen auch nach der Hochzeit beibehielten, und in welchem der

Nachname eines Kindes gebildet wurde, indem man ›son‹ oder ›dottir‹ an den des Vaters anhängte, konnte diese Umgangsform vieles vereinfachen.

»Gut.« Anna Jorgensdottir wandte sich an ihren Mann: »Habt ihr schon miteinander reden können?«

»Ja.« Er gab ihr einen liebevollen Klaps auf ihr eindrucksvolles Hinterteil. »Ich erzähl's dir später. Bring uns Kaffee. Wo sind die anderen?«

»Beschäftigt«, antwortete Anna ausweichend und fügte stirnrunzelnd hinzu: »Harald Nordur ist übrigens da. Er will dich dringend sprechen.«

»Jetzt?« Ragnarson fluchte leise. »Entschuldigen Sie mich einen Moment«, bat er Gaunt. »Ich habe Ihnen ja schon von Nordur erzählt. Er leitet das Trainingscamp in Alfaburg. Wo ist er, Anna?«

»In Jamies Büro.« Sie legte die Hand auf seinen Arm, als er gehen wollte. »Lief, deine Tante Erna hat angerufen und uns daran erinnert, daß wir heute abend mit ihr verabredet sind.«

»Heute abend? Ich dachte . . .« Ragnarson verstummte überrascht. Er biß sich auf die Unterlippe. »*Takk.* Ruf sie an und sag ihr, daß wir kommen. Inzwischen sehe ich mal nach, was Nordur von mir will.«

Ragnarson verschwand hinter einer Tür am anderen Ende des Raumes. Kaum hatte sich die Tür hinter ihm geschlossen, hörte Gaunt eine fremde Männerstimme Ragnarson begrüßen.

»Sind Sie zum ersten Mal in Island, Mr. Gaunt?« erkundigte sich Anna Jorgensdottir höflich.

»Nein, zum zweiten Mal . . . aber jetzt habe ich endlich Gelegenheit, mich auf der Insel ein wenig umzusehen.« Gaunt rieb sich das Kinn. »Mir ist aufgefallen, daß Sie vorhin ›Jamies Büro‹ gesagt haben . . . Lief vermißt ihn sicher . . .«

»Die beiden sind sowohl Geschäftspartner als auch Freunde gewesen.« Anna deutete auf einen Stuhl. »Bitte, nehmen Sie doch Platz. Ich hole Ihnen eine Tasse Kaffee.«

Damit verschwand sie in einem Hinterzimmer. Für eine Frau ihrer Größe bewegte sie sich erstaunlich graziös und schnell. Gaunt setzte sich. An der Wand gegenüber hing eine große Islandkarte, die von Markierungszeichen übersät war. Auf dem Schreibtisch lagen Papiere, und von der Decke baumelte das Modell eines alten Doppeldeckers.

Gaunt zündete sich eine Zigarette an und lehnte sich entspannt auf seinem Stuhl zurück. Bisher schien einem Handel mit Ragnarson nichts im Wege zu stehen. Der Isländer hatte einen sympathischen Eindruck gemacht. Trotzdem hatte er das Gefühl, daß Ragnarson und seine Frau in seiner Gegenwart etwas nervös waren. Aber das konnte andere Gründe haben.

Er mußte unwillkürlich lächeln. Falls die Ragnarsons nebenher noch eine Alkoholschmugglerorganisation leiteten, dann konnte ihm das gleichgültig sein. Davon abgesehen, hatte er das Gefühl, daß die beiden nicht so unvorsichtig waren, sich von einem Ausländer in die Karten schauen zu lassen.

Gaunts Blick schweifte wieder zu der Islandkarte. Das Landesinnere bestand aus großflächigen Lava- und Eiswüsten. Ein kleines Flugtransportunternehmen wie die Arkival Air machte sicher ein gutes Geschäft, denn praktisch waren nur die Küstenzonen der Insel bewohnt.

In diesem Moment kam Anna mit dem Kaffeetablett herein. Sie stellte eine große Tasse Kaffee mit Zucker und Milch vor Gaunt auf den Tisch, ging dann zu dem leise rauschenden Sender hinüber und schaltete ihn ab.

»Wenn eines unserer Flugzeuge unterwegs ist und sich niemand im Funkraum befindet, muß ich den Funkverkehr überwachen«, erklärte sie. »Aber jetzt sind sie schon auf dem Rückflug ... Ich bin immer froh, wenn ich das Ding abschalten kann. Das Geräusch macht mich verrückt.«

»Arbeiten Sie den ganzen Tag hier?« wollte Gaunt wissen.

»Ja. Lief und ich haben keine Kinder.« Sie lächelte. »Und auf diese Weise habe ich ihn unter Kontrolle.«

Damit ließ Anna Gaunt wieder allein. Gaunt drückte seine Zigarette im Aschenbecher aus und hatte die Tasse Kaffee gerade ausgetrunken, als die Tür zu dem kleinen Privatbüro aufging. Der Mann, den Lief Ragnarson hinausbegleitete, war schlank, mittelgroß und Anfang Dreißig. Harald Nordur entsprach eigentlich nicht dem Bild, das man sich von dem Leiter einer Überlebensschule gemeinhin macht. Er hatte eine ungesunde Gesichtsfarbe, lockiges schwarzes Haar und trug eine Goldrandbrille. Ein pelzgefütterter Gabardinemantel hing lose über seinen Schultern. Darunter trug er einen dunkelgrauen Straßenanzug, halbhohe Gummistiefel, ein blaues Hemd und eine blaue Krawatte.

Gaunt fiel sofort das ärgerliche Glitzern in Nordurs Augen auf, während Lief Ragnarsons gutmütiges Gesicht plötzlich wie eine steinerne Maske wirkte. Als die beiden an Gaunt vorbeigingen, nickte Nordur ihm flüchtig zu.

Ragnarson und Nordur verschwanden im Korridor. Gaunt hörte gedämpftes Stimmengemurmel, dann wurde eine Tür geöffnet und wieder zugeschlagen. Als Ragnarson kurz darauf wieder ins Zimmer kam, setzte er sich auf die Schreibtischkante, fluchte unterdrückt und schlug kräftig mit der Faust auf den Tisch.

»Ärger?« erkundigte sich Gaunt.

»Ich kann es nun mal nicht leiden, wenn ein Schwede hier reinplatzt und mir Vorschriften machen will«, antwortete Ragnarson wütend. »Wenn er glaubt, daß ich ihm dafür auch noch die Gummistiefel küsse, dann hat er sich getäuscht.«

»Ich hatte allerdings nicht den Eindruck, daß Sie ihn rausgeworfen haben«, entgegnete Gaunt grinsend.

»Nei.« Der bullige Ragnarson verzog sein Gesicht zu einem spöttischen Lächeln. »Er ist nun mal ein guter Kunde. Aber er will unbedingt, daß wir nur für ihn Sonderflüge einschieben, was andere Kunden natürlich verärgert. Außerdem besteht er darauf, die Piloten selbst auszuwählen, und dies und das ... Mein Gott, ich gehe ja schon auf seine Wünsche ein. Aber alles lasse ich mir nicht bieten. Dafür muß er auch bezahlen, bis er schwarz wird.«

»Hm, das nennt man dann Geschäftsmoral. Als nächstes wird man Sie bitten, einem Rotary-Club beizutreten.«

Ragnarson lachte, stand auf und ging zu einem Aktenschrank. Er zog eine Schublade auf und blätterte durch die Hängeordner.

»Was halten Sie davon, wenn ich Ihnen ein wenig Lektüre mitgebe? Morgen mittag könnten wir dann wieder miteinander reden«, schlug er vor. »Das ist unser Geschäftsbericht. Wir haben ihn nach Jamies Tod zusammengestellt, als unser Anwalt meinte, wir könnten Ärger mit dem Finanzamt bekommen.« Er steckte die Papiere in einen Umschlag und gab ihn Gaunt. »Tja ... und das ist Jamie gewesen.«

Es war ein Farbfoto, das einen großen, schlanken Mann mit graumeliertem Haar und schmalem Oberlippenbärtchen in Sommerkleidung neben dem Cockpit eines Sportflugzeugs zeigte.

»Wie haben Sie James Douglas kennengelernt?« fragte Gaunt, gab das Foto zurück und steckte den Briefumschlag in die Innentasche seines Jacketts.

»Vor sechs oder sieben Jahren.« Ragnarson runzelte

nachdenklich die Stirn, während er das Foto betrachtete. »Ich hatte ihn vorher schon mehrmals gesehen. Er flog für eine unserer Inlandslinien. Er hatte etwas Geld gespart und wollte eine eigene Flugtransportgesellschaft gründen. Aber nach unserem Gesetz braucht er dazu einen isländischen Partner. Und so ...« Ragnarson zuckte mit den Schultern.

»Sie hatten mit der Fliegerei also vorher nichts zu tun?«

»Ich?« Ragnarson grinste. »Um Gottes willen, nein! Ich bin Fischer gewesen ... Aber Jamie war ein guter Pilot. Er hatte bei eurer Royal Air Force gedient und in Korea eine Tapferkeitsmedaille bekommen. Danach ... ja, danach hat er offensichtlich Fehler gemacht. Aber wir sind ausgezeichnet miteinander ausgekommen.« Er steckte die Fotografie wieder in den Aktenschrank und verschloß ihn. »So, jetzt muß ich mich um den Wunschzettel dieses verdammten Schweden kümmern. Aber vorher ... Anna!« rief er energisch.

Anna Jorgensdottirs eindrucksvolle Gestalt erschien im Türrahmen.

»Ist Chris schon nach Hause gefahren?« erkundigte sich Ragnarson.

»*Nei.*« Sie schüttelte den Kopf. »Sie sollte doch diese Frachtlisten überprüfen. Du hast ihr selbst den Auftrag gegeben. Sie hat sich damit in die Kammer verzogen, die du als Lagerraum bezeichnest.«

»Chris paßt dort besser hinein als du«, erwiderte ihr Mann gutmütig. »Frag sie doch, ob sie unseren Gast in sein Hotel bringen kann. Und ... noch was: Hast du mit ... hm ... mit Tante Erna gesprochen?«

»Ja, sie läßt grüßen. Sie erwartet dich heute abend«, antwortete Anna.

Ragnarson trat brummig von einem Bein auf das andere, als seine Frau den Raum verließ.

»Diese Chris«, begann er unvermittelt, »sie heißt im ganzen *Fru* Christine Bennet . . . sie ist Isländerin, hat jedoch einen Engländer geheiratet, als sie in London gearbeitet hat. Sie sind dann nach Island gekommen und haben sich kurz darauf scheiden lassen. Jetzt . . . tja, hier ist sie Mädchen für alles.«

»Und?« Gaunt zog die Augenbrauen hoch.

»Ich wollte nur, daß Sie Bescheid wissen«, erwiderte Ragnarson achselzuckend. »Sie hat viel mitgemacht, das ist alles. Manchmal reagiert sie ziemlich ungewöhnlich . . .«

»Wie, zum Beispiel?«

»Merken Sie sich, was ich Ihnen gesagt habe«, riet Ragnarson ihm grimmig. Er betrachtete verlegen seine Hände. »Sie hat so ihre eigenen Ansichten über Jamies Tod.«

»Dann sind die beiden befreundet gewesen?«

»Nicht so, wie Sie denken«, entgegnete Ragnarson mit düsterer Miene. »Sie haben sich manchmal lange unterhalten, das ist alles.«

»Gut, ich werd's nicht vergessen.« Aufs Geratewohl fuhr Gaunt fort: »Solche Geschichten kümmern mich wenig. Ich habe auch schon einige über Sie gehört.«

»*Takk*«, erwiderte Ragnarson trocken. Er machte eine geringschätzige Handbewegung. »Vielleicht schreibe ich eines Tages mal ein Buch über die Gerüchte, die man über mich verbreitet. Sehe ich denn wie ein Gauner aus?«

»Den wirklich großen sieht man es nie an«, sagte Gaunt.

Als Ragnarson nur flüchtig grinste, bohrte Gaunt nicht weiter. Kurz darauf betrat das Mädchen den Büroraum, das Gaunt bereits am Steuer des roten Minibusses gesehen hatte.

Sie war groß und schlank, hatte kupferbraunes, schulterlanges und nicht, wie er zuerst gedacht hatte, schwarzes Haar, und trug einen weißen Wollanorak über einem dunkelblauen Pullover und eine passende Hose. Sie hatte sanfte, braune Augen, ein schmales, zartes Gesicht und einen Mund, der das Lachen offensichtlich noch nicht ganz verlernt hatte.

»Chris, das ist dein Passagier ... Jonathan Gaunt«, stellte Ragnarson vor. »Liefere ihn wohlbehalten ab. Im Augenblick ist er verdammt wichtig für uns.«

Sie nickte Gaunt flüchtig zu. »Mein Wagen steht vor der Tür«, verkündete sie kühl. »Können wir fahren?«

Gaunt verabschiedete sich von Ragnarson und folgte dem Mädchen durch eine Seitentür, die direkt auf den Parkplatz führte. Es war noch dunkler und um einige Grade kälter geworden, und Gaunt war froh, daß er sich auf den Beifahrersitz ihres kleinen, dunkelblauen Fords setzen konnte.

»Wie lange sind Sie schon bei der Firma Arkival?« fragte er höflich, als sie den Motor anließ und aus der Parklücke herausfuhr.

»Ungefähr ein Jahr.« Sie konzentrierte sich auf die Straße. »Warum?«

»Oh, es interessiert mich eben.« Gaunt wartete, bis sie das Flughafentor passiert hatten und auf der Ringstraße waren, dann fuhr er fort: »Ragnarson behauptet, sie hätten eine eigene Theorie über Jamies Tod.«

Der Wagen schleuderte leicht, als sie ihn plötzlich anstarrte. Sie brachte den Ford hastig wieder in Fahrtrichtung. Ihr Mund wurde schmal.

»Nun?« fragte er.

»Lief Ragnarson redet zuviel«, erwiderte sie tonlos. »Außerdem hält er meine Vermutungen für ziemlich weit hergeholt, was sie vielleicht auch sind. Ich hatte lediglich den Eindruck, daß Jamie sich in letzter Zeit wegen irgendwas Sorgen gemacht hat. Den Grund kenne ich nicht.«

Damit war für das Mädchen das Thema erledigt, und bald darauf tauchte das hellerleuchtete Loftleidir-Hotel vor ihnen auf. Als Chris den Wagen langsam in die Auffahrt lenkte, versuchte Gaunt es erneut: »Haben Sie Lust, noch was mit mir zu trinken? Ich würde gern mehr über diese Geschichte hören.«

»Viel mehr gibt's nicht«, entgegnete sie abweisend. »Und heute habe ich leider schon eine Verabredung.« Sie hielt vor dem Hoteleingang an und lächelte flüchtig. »Anna hat mir erzählt, daß Sie aus Edinburgh sind. Ich bin mal dort gewesen, als ich noch ein kleines Mädchen war. Es war sehr enttäuschend. Ich dachte, alle Schotten würden Faltenröcke tragen.«

»Ich hab' meinen zu Hause gelassen«, erwiderte Gaunt humorlos. »Können wir uns nicht ein andermal zu einem Drink treffen?«

Sie sah ihn einen Moment nachdenklich an. Dann nickte sie.

Er stieg grinsend aus dem Wagen, machte die Tür zu und beobachtete, wie sie davonfuhr. Dann betrat er die warme Hotelhalle.

In seinem Zimmer verbrachte Gaunt die nächste Stunde damit, den Geschäftsbericht der Arkival Air zu studieren. Als er damit fertig war, blieb zwar einiges noch seinem eigenen Geschäftsverständnis überlassen, aber ansonsten hatte er einen klaren Überblick gewonnen. Arkival Air machte genügend Gewinn, um finanziell gesund zu sein, doch die Firma hatte hohe Kreditverpflichtungen, und es waren noch einige Raten für die beiden Cessnas fällig, die gebraucht gekauft worden waren, um zwei ältere Maschinen zu ersetzen. Und Ragnarson hatte in einem Punkt recht gehabt: Der Kontrakt mit dem Trainingszentrum in

Alfaburg war das beste Geschäft der Firma.

Gaunt legte den Bericht beiseite, zündete sich eine Zigarette an und dachte nach. Eines verwirrte ihn: Den Zahlen nach hatte Arkival alle Möglichkeiten zu expandieren, doch nichts dergleichen geschah. Es schien beinahe so, als hätten die Partner kein Interesse an einer Ausweitung des Geschäfts.

Gaunt grinste, als ihm wieder das Gerücht über die Schmugglerorganisation einfiel, die angeblich hinter Arkival stecken sollte. Ragnarson hatte das mit einem Lächeln geleugnet. Dann mußte Gaunt unwillkürlich wieder an das denken, was Chris Bennet über James Douglas' Tod gesagt hatte.

Gaunts Gedanken verweilten bei dem Mädchen. Er empfand das als höchst angenehm. Ihr Lächeln, ihr Blick waren ihm gut im Gedächtnis geblieben. Eine Scheidung war für jeden Beteiligten ein bitteres Erlebnis . . . Gaunts Backenmuskeln zuckten, als er wie zu sich selbst nickte.

Der Gedanke an Patty tat noch immer weh. Sie hatten sich Mühe gegeben, aber Patty hatte eher einen Fallschirm als einen Mann geheiratet. Wenigstens hatte sie mit der Scheidung bis nach seiner Entlassung aus dem Militärhospital gewartet. Außerdem hatten sie keine Kinder gehabt.

Sie hatten sich scheiden lassen und waren doch Freunde geblieben. Patty war inzwischen wieder verheiratet. Ihr Mann, ein sympathischer Bursche, gab sich redliche Mühe, ungezwungen zu wirken, wenn sie sich trafen.

Gaunt war mit seinem Alptraum über den Fallschirmabsturz, seiner Armeepension, seinen Schmerztabletten und seiner totalen Ziellosigkeit allein geblieben. Ein paar Semester Jura und Betriebswirtschaft, die er vor seinem Eintritt in die Armee absolviert hatte, waren keine ausreichende Ausbildung zu einem bürgerlichen Beruf . . . Dann allerdings hatte ihn jemand für den ›Remembrancer‹ entdeckt, und dabei war er geblieben.

Früher oder später begann für jeden ein neues Leben. Auch wenn man nicht ganz vergessen konnte. Das würde auch Chris Bennet hoffentlich noch erfahren.

Später aß Gaunt im Hotelrestaurant zu Abend, trank Bier und Whisky und ging dann schließlich, gutgelaunt vor sich hin pfeifend, auf sein Zimmer zurück. Es war kurz vor Mitternacht, und als Gaunt sich bückte, um den Schlüssel ins Schloß zu stecken, hielt er plötzlich inne. Er gab der Tür einen leichten Stoß. Sie öffnete sich von selbst.

Gaunt wußte, daß er die Tür verschlossen hatte. Mit grimmiger Miene stieß er die Tür ganz auf, knipste das Licht an und fluchte laut. Seine Reisetasche war auf dem Bett ausgeleert und der Inhalt überall im Zimmer verstreut worden. Daneben lag sein Aktenkoffer. Man hatte ihn aufgebrochen und die Papiere herausgenommen.

Er schlug die Tür mit dem Absatz hinter sich zu und betrachtete das Durcheinander aufmerksam. Es schien nichts gestohlen worden zu sein. Die Vorhänge waren zurückgezogen. Gaunt ging noch immer fluchend zum Fenster.

Er hatte es kaum erreicht, als das Telefon klingelte. Er meldete sich wütend.

»Mr. Gaunt?« fragte eine Männerstimme in lässigem und doch befehlsgewohntem Tonfall. »Wir haben gesehen, wie das Licht in Ihrem Zimmer angegangen ist. Tut mir leid, aber wir sind Ihnen vermutlich eine Erklärung schuldig.«

»Wofür?« schnaubte Gaunt. »Wenn Sie der Bursche gewesen sind, der . . .«

»Ja, ich bin in Ihrem Zimmer gewesen. Oder besser: Ich bin für die Unordnung verantwortlich.« Der Mann am anderen Ende schien sich zu amüsieren. »Es war ein Irrtum oder ein Fehler . . . wie Sie wollen. Sie sollten den Vorfall vergessen.«

»Ich werde einen Dreck tun!« entgegnete Gaunt scharf.

»Werfen Sie mal einen Blick in Ihre Brieftasche. Dort finden Sie die Entschädigung«, erklärte die Stimme am anderen Ende des Drahtes.

Verwirrt griff Gaunt nach seiner Brieftasche, schlug sie auf und starrte auf das dicke Bündel Kronenscheine, das herausquoll.

»Ja, ich hab's gesehen«, sagte er grimmig. »Und weiter?«

»Es ist Ihr Schmerzensgeld«, fuhr die Stimme fort. »Wir haben uns einen Hotelschlüssel besorgt und ihn wieder zurückgegeben. Es kann uns also niemand was anhaben. Sie müssen die Angelegenheit nur vergessen, Mr. Gaunt.«

»Und warum, wenn ich fragen darf?« murmelte Gaunt verwirrt.

»Wenn Lief Ragnarson Besuch von einem britischen Regierungsbeamten bekommt, dann wollen wir natürlich wissen, ob dieser Mann auch für uns interessant ist.« Die Stimme am anderen Ende hatte einen härteren Klang angenommen. »Jetzt, da wir wissen, daß das nicht der Fall ist, wollen wir natürlich keinen Ärger. Sie können nun in Ruhe Ihren Auftrag erledigen. Und beklagen Sie sich lieber nicht bei der Polizei . . . oder bei Ragnarson.«

»Was ist, wenn ich es doch tue?« fragte Gaunt.

»Gehen Sie rüber ans Fenster . . . Das Telefonkabel reicht aus«, kam die kurze Anweisung vom anderen Ende des Drahtes. »Sehen Sie den Schneemann, den die Kinder gemacht haben?«

Gaunt lief zum Fenster. Er war sich durchaus bewußt, daß er im erleuchteten Zimmer eine ausgezeichnete Zielscheibe für jeden eventuellen Schützen bot, und riskierte es trotzdem. Er sah hinunter und entdeckte den Schneemann am Maschendrahtzaun des Flughafens.

»Ja, ich sehe ihn«, sagte er.

»Auch die drei Flaschen auf seinem Kopf?«

Gaunt nickte unwillkürlich. Die Lichter des Hotels spiegelten sich vielfach im Glas wider.

»Ja.«

»Dann passen Sie jetzt mal auf die Flaschen auf«, sagte die Stimme.

Durch das Doppelfenster hörte er keinen Laut, aber plötzlich zerbrach eine Flasche nach der anderen, und die weit durch die Luft fliegenden Scherben deuteten auf Meisterschüsse hin. »Vergessen Sie's einfach, Mr. Gaunt«, forderte ihn die Männerstimme spöttisch auf, dann wurde aufgelegt.

Gaunt warf den Hörer auf die Gabel und starrte angestrengt aus dem Fenster. Unten bewegte sich nichts. Dann flammten plötzlich dreihundert Meter weiter am Straßenrand die Scheinwerfer eines Wagens auf, der davonfuhr.

Gaunt zog die Vorhänge vor, setzte sich auf die Bettkante und betrachtete nachdenklich das Bündel mit Kronenscheinen und die verstreuten Papiere. Bis vor kurzem war er für irgend jemand eine potentielle Gefahr gewesen. Jetzt, da der Betreffende offensichtlich Bescheid wußte, versuchte man ihm nur noch Angst einzujagen.

Gaunt zuckte die Achseln. Die Sache war interessant genug, daß er wenigstens eine Zeitlang mitspielte.

Kapitel

3

Am nächsten Morgen um acht Uhr wachte Jonathan Gaunt durch das Klingeln des Telefons auf. Es war der Weckanruf des Portiers, um den er gebeten hatte. Gähnend hob er den Hörer ab, bestellte Kaffee und Brötchen aufs Zimmer, stand auf und ging verschlafen zum Fenster.

Draußen war es noch dunkel, doch auf der Straße rollte bereits dichter Verkehr, und überall brannten Lichter. Während es im Mittsommer in Island nie richtig dunkel wird, ist es im Winter immer nur wenige Stunden, vom späten Vormittag bis zum frühen Nachmittag, hell. Gaunt beobachtete einen Moment lang die nicht abreißende Autoschlange auf der Einfahrt nach Reykjavik und sah dann auf die Ringstraße hinunter, die unmittelbar unter seinem Fenster vorbeiführte.

Der Schneemann und die zerschossenen Flaschen waren noch immer da. Das wenigstens war kein Alptraum gewesen. Gaunt schnitt eine Grimasse, als ihm bewußt wurde, daß er die Nacht überraschenderweise ruhig und traumlos verbracht hatte.

Er duschte sich, rasierte sich, zog eine beige Kordhose mit blauem Wollhemd an, holte seine alte Lederjacke aus der Reisetasche und wollte gerade die Schuhe zubinden, als es an die Tür klopfte. Er machte auf, und das Zimmermädchen mit dem Frühstückstablett kam herein. Hinter ihr tauchte jedoch plötzlich ein athletisch gebauter, großer Mann im braunen Sportanzug auf. Er nickte Gaunt zu, wartete, bis das Mädchen das Tablett abgestellt hatte, und schloß dann die Tür hinter ihr.

»Polizei, *Herra* Gaunt«, stellte sich der Fremde vor. Er hatte blonde, kurzgeschnittene Haare, natürlich blaue

Augen und eine Boxernase. Gaunt schätzte ihn auf Mitte Dreißig. Er warf seinen Mantel über einen Stuhl. »Ich bin Inspektor Gudnason ... vom Polizeihauptquartier hier in Reykjavik.«

»Können Sie sich ausweisen?« fragte Gaunt.

»Ja, natürlich.« Der Mann lächelte, zog einen Ausweis aus der Jackettasche, zögerte und warf ihn dann auf das Bett. Gaunt blickte von der Fotografie auf der Ausweiskarte zu dem Fremden und gab den Dienstausweis dann zurück.

»Und was führt Sie zu mir?« erkundigte er sich.

»Nun, ab und zu mache ich einen ... sagen wir ... einen Höflichkeitsbesuch bei den interessanteren Ausländern in unserem Land«, erwiderte Gudnason leichthin. Er deutete auf das Frühstückstablett. »Ich habe eine zweite Kaffeetasse bringen lassen. Soll ich uns Kaffee einschenken, während Sie Ihren Reisepaß suchen?«

»Aber die Brötchen sind für mich«, sagte Gaunt.

Bis Gaunt den Paß aus der Nachttischschublade holte, goß Gudnason den Kaffee ein. Der Polizeibeamte blätterte langsam Gaunts Reisepaß durch, rieb sich mit einem verwirrten Gesichtsausdruck das Kinn und gab den Ausweis dann zurück.

»Fangen Sie ruhig an zu frühstücken«, schlug er anschließend freundlich vor. Gaunt rückte einen zweiten Stuhl an den Tisch und nahm Platz. Gudnason räusperte sich. »In Ihrem Reisepaß steht als Berufsbezeichnung Regierungsbeamter. Sind Sie beruflich hier?«

»Ja.« Gaunt aß einen Bissen von seinem Brötchen und trank einen Schluck Kaffee. Beides schmeckte ausgezeichnet. »Meine Behörde hat die Nachlaßverwaltung des hier verstorbenen James Douglas übernommen. Wissen Sie über den Fall Bescheid?«

»Ja.« Gudnason wirkte seltsamerweise enttäuscht.

»Und ... hm ... das ist der einzige Grund für Ihren Aufenthalt in Island?«

Noch immer kauend nickte Gaunt. Dann stand er auf und holte Gudnason die Vollmacht des Anwalts aus Aberdeen, wartete, bis der Inspektor das Schreiben gelesen hatte, und steckte es wieder in seinen Aktenkoffer.

»Was haben Sie eigentlich auf dem Herzen, Inspektor?« fragte Gaunt beiläufig. »Bin ich für die isländische Polizei so interessant ... oder überprüfen Sie jeden, der mit der Firma Arkival Air Kontakt aufnimmt?« Er sah, wie sein Gegenüber überrascht die Augenbrauen hochzog, und grinste. »Ich habe schon gehört, welchen Ruf Lief Ragnarson hat, aber mein Chef hat mich nicht hierhergeschickt, um Schmuggelgeschäfte mit Spirituosen zu machen.«

Gudnason seufzte hörbar. »Ich habe einen Job, und der muß erledigt werden. Wenn Sie über Ragnarson Bescheid wissen, werden Sie mich sicher verstehen. Zuerst stirbt sein Partner, dann kommt ein Fremder aus Schottland, den Ragnarson bereits kurz nach der Ankunft in dessen Hotel aufsucht ...« Er zuckte mit den Schultern. »Der Verkauf von Alkohol ist in unserem Land ein staatliches Monopol ... ausgenommen in Hotels und Restaurants. Die Preise sind astronomisch hoch. Ein Schmuggler, der billigere Ware liefern kann, hat viele Freunde.«

»Das ist überall so«, stimmte Gaunt zu. »Aber Sie haben keine handfesten Beweise, stimmt's?«

»Noch nicht«, gab Gudnason zu. »Ein paarmal sind wir nahe dran gewesen ... und wir wissen, daß das Zeug auf Fischerbooten ins Land kommt.« Er trank einen Schluck Kaffee. »Hat Ragnarson Ihnen gesagt, was er gestern abend vorhatte?«

Gaunt nickte. »Er und seine Frau wollten eine Tante besuchen.«

»Vielleicht Tante Erna?« Gudnason lächelte spöttisch. »Wir kennen die alte Dame ... Sie ist mit allen Wassern gewaschen und lügt für Ragnarson das Blaue vom Himmel herunter.« Der Inspektor schenkte sich eine zweite Tasse Kaffee ein. »Wir haben einen Tip bekommen, daß gestern mit einem Kutter eine Lieferung erfolgen sollte, und die Küstenwache hat das Boot per Radar überwacht. Zweimal schien der Fischkutter nach Smaefellanes einlaufen zu wollen. Das liegt an der Westküste. Aber sie müssen was geahnt haben, denn das Boot hat immer wieder Kurs aufs offene Meer genommen.«

»Ich interessiere mich nur für James Douglas«, entgegnete Gaunt.

»Ich habe die Ermittlungen auch in diesem Fall geführt«, gab Gudnason achselzuckend zu. »Allerdings habe ich nur die Hälfte von dem verstanden, was mir die Funkexperten erzählt haben. Wissen Sie inzwischen, wie's passiert ist?«

Gaunt nickte.

»Douglas ist vor allem deshalb gestorben, weil das Funkgerät der Arkival Air unheimlich stark ist«, fuhr Gudnason grimmig fort. »Damit kann man Funksignale aus Amerika oder Europa auffangen. Für den Funkverkehr mit den Cessnas, die nur innerhalb Islands verkehren, ist das absolut unnötig. Die Leute von Arkival Air können also in dem Augenblick mit einem Fischkutter Funkverkehr aufnehmen, in dem dieser die norwegische oder englische Küste verlassen hat.«

»Aber Douglas' Tod ist doch ein Unfall gewesen, oder?« bohrte Gaunt weiter.

»Es hat jedenfalls so ausgesehen«, antwortete Gudnason. »Ich ... nun, sagen wir, ich konnte das Gegenteil einfach nicht beweisen, obwohl mir die Sache gar nicht gefallen hat.« Der Inspektor stellte seine Tasse auf den

Tisch, erhob sich und ging zum Fenster. »Es ist zwar unwahrscheinlich, daß Sie während Ihres Aufenthalts hier meine Hilfe brauchen werden, aber falls es doch nötig werden sollte, lassen Sie es mich wissen.«

»Sobald ich mit Ragnarson einig geworden bin, fliege ich mit dem nächsten Flugzeug nach Schottland zurück«, erklärte Gaunt. »Vorausgesetzt, wir schneien inzwischen hier nicht ein.«

»Der Wetterbericht hat Tauwetter angesagt«, antwortete Gudnason grinsend. »Bis heute abend dürfte der Schnee weg sein. Unser Fremdenverkehrsamt behauptet, daß der Winter in Island milder ist als in Chicago.«

»Die Stadt Chicago sollte eure Behörden dafür verklagen«, entgegnete Gaunt sarkastisch.

Gudnason schüttelte den Kopf, verabschiedete sich und ging. Als sich die Tür hinter ihm geschlossen hatte, zündete sich Gaunt nachdenklich eine Zigarette an. Er war nahe daran gewesen, dem Inspektor von dem Vorfall am Vorabend zu erzählen. Doch er hatte geschwiegen. Warum er so gehandelt hatte, konnte er sich selbst nicht recht erklären.

Er hob den Deckel der Kaffeekanne, sah, daß sie leer war, und fluchte unterdrückt. Schließlich aß er das letzte Brötchen, zog sich fertig an und wollte das Zimmer gerade verlassen, als das Telefon klingelte.

Gaunt hob ab. Es war der Empfang.

»Mr. Gaunt, hier ist eine Dame, die Sie sprechen möchte«, erklärte der Mann. »Sie behauptet, Sie zu kennen. Sie heißt *Fru* Bennet.«

»Ich komme sofort runter«, antwortete Gaunt überrascht. Kaum hatte er aufgelegt, klingelte das Telefon erneut. Seufzend nahm er den Hörer ab, und seine Miene wurde hart, als er die Männerstimme vom Vorabend am anderen Ende vernahm.

»Ich habe gehört, daß Sie einen Besucher hatten, Mr. Gaunt ... Einen Herrn von der Polizei.« Die Stimme klang freundlich, aber reserviert. »Hatten Sie ihn dazu eingeladen?«

»Nein.« Gaunt holte tief Luft. »Aber vielleicht hätte ich es tun sollen.«

Am anderen Ende ertönte ein amüsiertes Lachen. »Ich habe eigentlich schon damit gerechnet, daß das passieren würde. Und Sie haben unsere Vereinbarung von gestern abend eingehalten?«

»Ja«, antwortete Gaunt eisig. »Aber lassen Sie mich jetzt gefälligst in Ruhe. Ich könnte mir's sonst anders überlegen.«

Ohne die Antwort abzuwarten, warf er den Hörer auf die Gabel, verließ das Zimmer und lief in die Hotelhalle hinunter.

Chris Bennets kupferfarbenes Haar und ihr brauner Ledermantel waren schon von weitem zu sehen. Sie unterhielt sich mit einer skandinavischen Stewardess, verabschiedete sich von dieser jedoch hastig, als Gaunt auf sie zukam.

»Guten Morgen«, begrüßte sie ihn freundlich und musterte ihn. Ihr schien zu gefallen, was sie sah. »Lief Ragnarson schickt mich, Mr. Gaunt. Er dachte, Sie könnten vielleicht einen Wagen brauchen, solange Sie hier sind.«

»Und was ist mit dem Chauffeur?« erkundigte sich Gaunt hoffnungsvoll.

»Tut mir leid, aber auf den müssen Sie verzichten. Sie haben doch sicher einen internationalen Führerschein, oder?« Gaunt nickte enttäuscht.

»Ausgezeichnet«, sagte sie. »Der Wagen steht draußen.«

Chris Bennet führte ihn auf dem verschneiten Parkplatz zu einem Matra Rancho mit einem zweiten Paar Scheinwerfern, Funkgerät und Schutzgitter vor dem Kühler.

»Von der Sorte gibt's hier sicher nicht viele«, murmelte Gaunt. »Wem gehört er?«

Chris Bennet schüttelte den Kopf. »Im Augenblick niemandem. Der Matra ist Jamies Wagen gewesen. Er stand seit Jamies Tod im Hangar der Arkival Air.« Sie zuckte mit den Schultern. »Lief meinte, Sie hätten vielleicht Verwendung für den Wagen.«

»Sagen Sie ihm, daß ich ihm sehr dankbar dafür bin. Und tun Sie mir bitte den Gefallen, und nennen Sie mich Jonathan. Das tun nämlich die meisten.« Er nahm ihr die Autoschlüssel ab. »Kann ich Sie zur Firma zurückbringen?«

»Nein.« Sie zögerte. »Ich muß für Lief etwas im Hafen erledigen. Ich nehme ein Taxi.«

»Unsinn!« wehrte Gaunt ab und deutete auf die Tür zum Beifahrersitz. »Ich mag Häfen gern . . . und könnte eine Fremdenführerin brauchen.«

Einen Augenblick lang schien sie widersprechen zu wollen, doch dann nickte sie lächelnd und stieg ein.

Gaunt fühlte sich hinter dem Steuer des Matra ausgesprochen wohl, als sie in der Morgendämmerung stadteinwärts fuhren. Chris Bennet war eine ruhige Beifahrerin, die ihm zuverlässig den Weg zeigte, ihn gelegentlich auf eine Sehenswürdigkeit hinwies und es ansonsten ihm selbst überließ, sich ein Bild von der Stadt zu machen.

Sie fuhren an einem hellerleuchteten Swimming-pool vorbei, der aus einer unterirdischen heißen Quelle gespeist wurde. Überall wanden sich große Pipelines durch die Stadt, in denen riesige Mengen heißen Wassers, die natürliche Energiequelle Islands, flossen und Privathäuser und Büros beheizten.

Nach kurzer Fahrt durch die Vorstädte hatten sie den

Stadtkern Reykjaviks mit seinen etwas düsteren, gedrungenen Steingebäuden erreicht. Gaunt lenkte den Matra an dem kleinen isländischen Parlamentsgebäude und einer protestantischen Kathedrale vorbei zum Hafen.

Sie parkten am Ende eines von Flutlicht erleuchteten Kais, an dem eine ganze Flotte von Fischkuttern lag, und stiegen aus. Der Geruch von Dieselöl und Fisch stieg ihnen scharf in die Nase.

»Und wohin jetzt?« fragte Gaunt.

»Zu einem Kutter«, antwortete Chris. »Die Orva muß hier irgendwo liegen.« Sie sah sich aufmerksam um.

»Ist sie gerade erst von einer Fahrt zurückgekommen?« erkundigte sich Gaunt hastig, als er sich an Gudnasons Geschichte erinnerte. Seine Neugier war geweckt.

»Ja, sie ist erst seit heute morgen wieder im Hafen«, erwiderte Chris. Plötzlich hellte sich ihre Miene auf. »Da liegt der Kutter ja ... Dort, das Schiff mit dem schwarzweiß gestreiften Ruderhaus. Hoffentlich ist Sven Muller noch an Bord ... Er ist der Kapitän und ein Freund von Lief.«

Sie stapften durch den Schneematsch, stiegen über Taue und schlängelten sich zwischen Fischkisten hindurch. Die Orva war ein mittelgroßer Fischkutter, an dessen Heck schlaff die isländische Flagge hing. Ein Matrose arbeitete allein an Deck und sah erst auf, als Chris ihm etwas zurief. Zum Zeichen, daß er verstanden hatte, winkte er ihr kurz zu und verschwand dann im Steuerhaus.

Kurz darauf sprang Sven Muller von Bord und kam zu ihnen. Er war ein mittelgroßer, unrasierter Mann in einem alten blauen Anzug. Die Kapitänsmütze hatte er weit aus der Stirn geschoben. Er begrüßte Chris und Gaunt mit einem freundlichen Lächeln, nahm Chris dann am Arm und führte sie etwas beiseite. Gaunt beobachtete, wie das Mädchen Muller einen Briefumschlag übergab, den dieser sofort einsteckte. Sie unterhielten sich noch eine Weile leise, dann verabschiedete sich Muller lachend und ging wieder an Bord seines Kutters.

»Alles erledigt?« fragte Gaunt, als Chris zu ihm zurückkam.

»Ja.« Sie zog ihre Nase kraus und lächelte. »Dieser Mann kennt die besten zweideutigen Witze im ganzen Nordatlantik, glauben Sie mir. Aber erwarten Sie ja nicht, daß ich für Sie seine neueste Geschichte wiederhole.«

»Das nächstemal sagen Sie ihm, daß Sie einen Interessenten für seine Storys kennen.« Gaunt deutete mit einer Kopfbewegung auf den Kutter. »Ich dachte, Lief Ragnarson hat mit der Fischerei nichts mehr zu tun?«

»Hat er eigentlich auch nicht«, erwiderte Chris. »Aber seine Familie hat früher einige Kutter und eine Werft besessen. Er hat also noch immer Verbindung mit diesem Gewerbe ... genau wie Anna ... Sie kommt auch aus einer Fischerfamilie.«

»Wissen Sie, welche Art von Geschäften er mit Muller macht?« fragte Gaunt so beiläufig wie möglich.

»Nein.« Chris Bennets Miene wurde abweisend. »Es geht mich auch nichts an.«

»Und mich auch nicht, meinen Sie, was?« Gaunt schnitt eine Grimasse. »Entschuldigen Sie. Ragnarson interessiert mich. Das ist alles. Er ist ein ungewöhnlicher Mann.«

»Das stimmt ... aber er ist nicht so hartgesotten, wie er sich gibt.« Chris Bennet strich sich eine lange Strähne ihres kupferfarbenen Haares aus der Stirn und sah nachdenklich aufs Meer hinaus. »Ich wollte vorhin nicht unhöflich sein. Aber ich habe so meine Prinzipien. Entweder man erzählt mir was, oder man läßt's bleiben ... Auf diese Weise ist das Leben leichter.«

»Und so wollen Sie's haben?«

»Ja.« Ihre Stimme hatte plötzlich einen bitteren Unterton. »Ich habe aus Fehlern gelernt.«

»Lief hat mir einiges erzählt.« Gaunt nahm sie am Arm und drehte sie sanft zu sich herum. »Man kommt über alles hinweg, Chris. Das habe ich auch mitgemacht. Alles kann man zwar nicht vergessen, aber eines Tages wacht man auf und merkt, daß man wieder Spaß am Leben hat.«

»Möglich.« Sie blickte ihn an, als sehe sie ihn zum ersten Mal. »Ich hatte keine Ahnung ... Ich ...« Sie verstummte, es fröstelte sie. »Es wird langsam kalt, Jonathan. Gehen wir zum Auto zurück.«

Schon von weitem entdeckte Jonathan den schlanken Mann mit Brille, der wartend neben dem Matra stand. Als sie näherkamen, drehte er sich um. Es war Harald Nordur. Er trug einen wattierten Mantel und eine Pelzkappe und sah Gaunt fragend an.

»Morgen«, begrüßte er sie lakonisch. »Ich war erstaunt, James Douglas' Spielzeug hier im Hafen zu sehen.« Sein Blick schweifte von Chris zu Gaunt. »Aber eigentlich hätte ich's mir denken können. Wir sind uns ja gestern schon bei der Arkival Air begegnet, Mr. Gaunt.«

»Ich hatte nur noch keine Gelegenheit, Ihnen guten Tag zu sagen«, entgegnete Gaunt kühl. »Allerdings hat Ragnarson mir von Ihnen erzählt.«

»Schlecht gelaunt, wie er gewesen ist, kann er nichts Gutes berichtet haben.« Nordur kräuselte die dünnen Lippen zu einem spöttischen Lächeln, dann wandte er sich an Chris. »Geht es Ihnen gut, *Fru* Bennet?«

Chris nickte schweigend, ohne eine Miene zu verziehen.

»Wie schön.« Nordur nahm ein Zigarillo aus der Brusttasche seines Mantels und zündete es mit einem goldenen Feuerzeug an. »Richten Sie Ihrem Chef aus, daß ich meine Pläne für heute nachmittag ändern mußte. Ich fliege nicht mit, wenn Ihre Leute Nachschub nach Alfaburg bringen. Ich melde mich später wieder. Sie ersparen mir dadurch ein Telefonat. Aber vergessen Sie's nicht.«

»Ich werd' mir Mühe geben«, antwortete Chris kühl.

»Takk.« Nordur wandte sich ungerührt an Gaunt. »Hat Ragnarson Ihnen von unserem Institut in Alfaburg erzählt?«

Gaunt nickte. »Sie geben Kurse im Überlebenstraining . . . Ich habe davon gehört.«

»Wir sind nicht die einzige Schule dieser Art . . . aber vielleicht einzigartig, was die Umgebung betrifft.« Nordur kaute nachdenklich auf seinem Zigarillo. »Das Camp liegt mitten in einer Lavawüste, Mr. Gaunt. Wir sind dort völlig von der Außenwelt abgeschnitten. In Alfaburg hat die NASA übrigens einen Teil ihres Raumfahrttrainings-Programms abgehalten. Wir haben das Camp später von den Amerikanern übernommen.«

»Und was machen Sie dort? Verteilen Sie goldene Sterne für den Versuch, das Überleben zu lernen?« erkundigte sich Gaunt sarkastisch.

»So ungefähr.« Nordur konnte seine Verärgerung nur mühsam verbergen. »Die großen Industrieunternehmen dieser Welt scheinen unsere Kurse jedenfalls für einen wichtigen Bestandteil ihrer Managerausbildung zu halten.«

»Das kann ich mir denken«, sagte Gaunt achselzukkend. »Ich jedenfalls habe aber meine Pfadfinderzeit schon hinter mir.« Er blickte kurz Chris an, die schweigend und mit gelangweilter Miene neben ihm stand. »Was machen denn jetzt die Neuankömmlinge von gestern so lange ohne Sie?« fragte er dann Nordur.

»Die versuchen sich gerade ein wenig einzuleben«, erwiderte Nordur. »Meine Leute im Camp sorgen dafür, daß sie nicht verlorengehen. In ein oder zwei Tagen, wenn die eigentliche Arbeit beginnt, fliege ich zu ihnen. Aber zuerst muß ich noch einiges in Reykjavik erledigen.« Er warf stirnrunzelnd einen Blick auf seine Uhr. »Jetzt habe ich eine Verabredung. Wir sehen uns bestimmt noch.«

Damit nickte er ihnen kurz zu, machte auf dem Absatz kehrt und ging davon. Einige Meter weiter stand am Straßenrand ein graues Volvo-Coupé. Nordur stieg auf der Beifahrerseite ein. Der Wagen fuhr an und kam kurz darauf an ihnen vorbei. Der Mann hinter dem Steuer hatte ein hageres Gesicht, volle Lippen und kurzgeschnittenes, blondes Haar.

»Wer ist der andere?« fragte Gaunt Chris, als der Wagen verschwunden war.

»Gunnar Bjargson, Nordurs Verbindungsmann in Reykjavik.« Chris Bennet schnitt eine Grimasse. »Sie unterhalten sowas wie ein Büro in einem alten Lagerhauskomplex ganz in der Nähe. Es besteht nur aus ein paar kleinen Zimmern. Bjargson wohnt und arbeitet dort.«

Gaunt nickte. Das erklärte, warum sie Nordur ausgerechnet in der Hafengegend begegnet waren.

»Sie scheinen beide nicht besonders zu mögen, was?«

»Nein«, gab sie zu.

»Warum nicht?« Gaunt musterte sie prüfend.

»Bjargson ist mir einfach nur unsympathisch. Nordur ist einmal mit mir ausgegangen. Das hat genügt.«

Damit schien für sie das Thema beendet zu sein, und Gaunt war klug genug, nicht weiter in sie zu dringen. Sie stiegen in den Matra, und Gaunt schaltete die Heizung ein.

»Solange es nur eine rein persönliche Abneigung ist«, murmelte Gaunt. »Ich dachte, es hätte vielleicht was mit Jamie Douglas zu tun.« Als er ihren überraschten Blick auffing, lächelte er. »Die Geschichte interessiert mich nun mal. Auch wenn Ragnarson Sie deshalb für verrückt hält.«

»Vielleicht bin ich das auch«, entgegnete sie gleichmütig. »Aber mit Harald Nordur hat das nichts zu tun.«

Gaunt zündete zwei Zigaretten an und gab eine davon Chris. Sie rauchten eine Weile schweigend.

»Offiziell bin ich die letzte, die Jamie lebend gesehen hat«, sagte Chris schließlich achselzuckend. »Ich bin noch im Büro gewesen, als Jamie an jenem Abend zurückgekommen ist. Er hat mich praktisch nach Hause geschickt.«

»Glauben Sie, er hat jemanden erwartet?«

»Ja, ich hatte diesen Eindruck.« Sie zuckte die Achseln. »Ich weiß, es klingt dumm, aber er kam mir nervös und aufgeregt vor. So hatte ich ihn noch nie erlebt.«

»Und er hat nicht den Grund genannt, warum er Sie wegschickte?«

»Nein.« Sie betrachtete die Zigarette zwischen ihren Fingern beinahe angeekelt und drückte sie im Aschenbecher des Armaturenbretts aus. »Ich erzähle Ihnen lieber, was ich der Polizei noch gesagt habe. Jamie hat meiner Meinung nach an jenem Abend eine Waffe bei sich gehabt. Er hat die Fliegerjacke ausgezogen, die er trug, und auf einen Schreibtisch geworfen. Dabei ist etwas aus der Tasche gefallen. Jamie hat den Gegenstand sofort aufgehoben, und ich habe ihn nur aus den Augenwinkeln flüchtig gesehen, aber . . .« Sie verstummte.

»Und was hat die Polizei dazu gesagt?«

»Sie haben keine Waffe gefunden, und alles andere deutete auf einen Unfall hin.«

Aber auch die besten Polizeibeamten waren nicht unfehlbar. Einen Unfall konnte man zum Beispiel arrangieren, indem man ein Funkkabel durchschnitt und das Gerät einschaltete . . . Gaunt starrte stirnrunzelnd auf das Steuerrad.

»Hatte er Feinde?«

Chris schüttelte den Kopf. »Soviel ich weiß, nicht.«

»Wie ist er mit Nordur ausgekommen?«

»Ganz gut. Außerdem ist Nordur im Camp in Alfaburg gewesen, als Jamie starb«, entgegnete sie müde. »Er kam mit der ersten Maschine am nächsten Tag zurück. Bitte, ich möchte nicht mehr darüber sprechen.«

»Gut.« Gaunt beugte sich nach vorn und ließ den Motor an. »Was ist mit der restlichen Stadtrundfahrt? Wollen wir sie machen?«

Chris überlegte einen Moment und nickte dann lächelnd. Als sie die Hafengegend verließen, war es endgültig hell geworden, und eine fahlgelbe Sonne ging am blaßblauen Himmel über Reykjavik auf. In den Straßen drängten sich die Menschen. Jeder schien die wenigen Tageslicht-Stunden ausnützen zu wollen.

Ungefähr eine Stunde lang fuhr Gaunt nach Chris' Anweisungen kreuz und quer durch die isländische Hauptstadt, am Denkmal von Lief Ericson, dem Entdecker Amerikas, vorbei zum National-Museum und anderen Sehenswürdigkeiten. Schließlich tranken sie in einem kleinen Café in der Nähe des isländischen Rundfunks eine Tasse Tee.

Später hielten sie auf einer Anhöhe über Reykjavik an, von der aus man einen herrlichen Blick auf die Halbinsel, die Berge und den weißen Gipfel des Snaefell-Gletschers hatte.

»Jetzt müssen wir langsam zurück«, sagte Chris und deutete auf die Uhr am Armaturenbrett. »Viel mehr gibt's hier sowieso nicht zu sehen. Zufrieden?«

»Fürs erste schon.« Gaunt lehnte sich auf seinem Sitz zurück und betrachtete die Reihe kleiner Punkte, die auf dem Meer näherkamen. Es waren Hochseekutter, die in den Hafen zurückkehrten. Seit er und Chris aus dem Hafenviertel herausgefahren waren, hatten sie sich ungezwungen über allgemeine, unverfängliche Themen unterhalten, und Gaunt widerstrebte es, den selbstauferlegten Waffenstillstand zu brechen. »Ich werde Ragnarson schon irgendwie beschwichtigen ... Wir können ja sagen, ich hätte Sie entführt.«

»Lief hat schon gesagt, daß ich mich nicht zu beeilen brauche«, erwiderte sie. »Ein zufriedener Mr. Gaunt kann für die Arkival Air nur von Vorteil sein.«

»Ah, Sie sollten mich wohl weich machen?« Gaunt runzelte in gespielter Entrüstung die Stirn. »Sie haben das geschafft. Er ist ein Menschenkenner, Ihr sympathischer Alkoholschmuggler . . .«

»Schmuggler?« Chris zog die Augenbrauen hoch.

»Ich habe nur laut gedacht«, wiegelte Gaunt schnell ab. »Welche Order hat er Ihnen für heute abend gegeben?«

Sie schüttelte den Kopf. »Das ist außerhalb meiner Arbeitszeit.«

»So?« Er fuhr mit dem Finger rund um das Steuerrad. »Sie könnten auf Kosten meines Spesenkontos mit mir abendessen und das Geld des britischen Steuerzahlers verprassen . . . Islands Rache für den Kabeljaukrieg.«

»Wenn Sie es so darstellen, kann ich natürlich nicht nein sagen.« Sie schien erfreut. Dann fiel ihr Blick erneut auf die Uhr, und sie stieß einen Seufzer aus. »Jetzt müssen wir aber fahren. Ich habe versprochen, Sie gegen Mittag abzuliefern.«

Sie erreichten den Flugplatz kurz nach zwölf Uhr und parkten den Matra vor dem Büro der Arkival Air. Überall herrschte hektische Betriebsamkeit.

»Heute ist Markttag«, erklärte Chris. »Die meisten Hausfrauen aus den entlegenen Orten fliegen einmal in der Woche zum Einkaufen nach Reykjavik.«

»Danke«, murmelte Gaunt und zwinkerte ihr zu. »Ich

habe gerade zehn Prozent auf den Preis geschlagen.«

Sie gingen in den großen Büroraum. Anna Jorgensdottir kam ihnen entgegen.

»Lief ist im Hangar und hilft Pete Close«, begrüßte sie sie mit einem strahlenden Lächeln. »Chris, sag ihm schnell Bescheid.« Sie sah Chris nach, bis sich die Tür hinter ihr geschlossen hatte, und wandte sich dann mit nachdenklicher Miene an Gaunt. »Ihr seht aus, als hättet ihr euch gut amüsiert, *Herra* Gaunt. Es freut mich für Chris. Dieses Mädchen braucht vor allem . . .« Sie verstummte abrupt und wurde rot. Dann schüttelte sie den Kopf. »Nein, das finden Sie am besten selbst heraus.«

Kurz darauf kam Lief Ragnarson herein. Er wischte sich die Hände an einem weichen Lappen ab, gab seiner Frau einen Klaps aufs Hinterteil, nickte Gaunt zu und bat ihn, ihm in sein Büro zu folgen. Dort war auf einem weiß gedeckten Tisch ein kleines kaltes Buffet angerichtet worden.

»Anna und ich essen mittags nie viel«, sagte Ragnarson. »Wir dachten deshalb, wir könnten das Angenehme mit dem Nützlichen verbinden und das Geschäftliche bei einem kleinen Imbiß besprechen.« Er rieb sich das Kinn. »Aber wenn Sie natürlich sehr hungrig sind . . .«

Gaunts Blick schweifte amüsiert über die reichhaltige Tafel. »Ich glaube, ich werde schon satt werden«, bemerkte er dann vergnügt.

Sie setzten sich. Ragnarson öffnete zwei Flaschen deutsches, vermutlich geschmuggeltes Bier. Da Gaunts Gastgeber jedoch kein Wort darüber verloren, folgte er ihrem Beispiel und begann zu essen.

»Okay«, sagte Ragnarson schließlich und griff nach dem zweiten Hühnerbein. »Fangen wir an: Haben Sie die Unterlagen durchgelesen, die ich Ihnen gegeben habe?«

Gaunt nickte. »Im Augenblick gehe ich davon aus, daß

die Zahlen stimmen, aber später muß ich sie überprüfen lassen ... Ich brauche Steuererklärungen, Bankauszüge ...«

»Ja, ich weiß.« Ragnarson deutete auf seine Frau. »Das ist Annas Ressort. Ich verdiene das Geld, und sie zählt es.« Als Anna Jorgensdottir geschmeichelt lächelte, zwinkerte Ragnarson Gaunt zu. »Und sie gibt natürlich auch das meiste davon aus.«

Es wurde eine lange, harte Verhandlung, in der sich Gaunt zwei intelligenten, schlagfertigen Gesprächspartnern gegenübersah, die jede seiner Fragen geschickt beantworteten. Schließlich hatten sie alles durchgesprochen.

»Das wär's, *Herra* Gaunt, nicht wahr?« Anna Jorgensdottir legte die letzte Bilanz beiseite und warf ihrem Mann einen flüchtigen Blick zu, als Gaunt zustimmend nickte. »Dann, hm ...«

»Also, ich möchte verkaufen, und Sie sind interessiert.« Gaunt zerknüllte das Stück Papier, auf das er seine Kalkulationen gekritzelt hatte, warf es in einen Papierkorb und lehnte sich auf seinem Stuhl zurück. »Ich schätze, daß Jamie Douglas' Anteil an der Firma Arkival Air vierzigtausend Pfund wert ist ...«

»Wie bitte?« Ragnarsons gutmütiges Gesicht wurde bleich. »Aber ...«

»Augenblick.« Gaunt musterte ihn stirnrunzelnd. »Ich bin noch nicht fertig. Wir haben in Schottland noch allerhand rechtliche Schwierigkeiten mit der Sache, und meine Behörde will die Angelegenheit deshalb so schnell wie möglich geregelt wissen. Ich will achtundzwanzigtausend Pfund Sterling in bar und auf die Hand.«

Ragnarson schluckte und wandte sich an seine Frau. »Anna, das sind in Kronen ...«

Anna Jorgensdottir rechnete es bereits auf dem Papier aus. Mit einem Lächeln schob sie ihrem Mann schließlich den Zettel zu. Er betrachtete ihn, schluckte erneut und sah dann wieder zu seiner Frau, die eifrig nickte. »Gut, die Sache ist abgemacht«, sagte er heiser. »Aber ich brauche ein paar Tage Zeit . . . okay?«

»Ich gebe Ihnen achtundvierzig Stunden. Außerdem übernehmen Sie in Island sämtliche anfallenden Gebühren«, erwiderte Gaunt. Er hatte den Ragnarsons ein günstiges Angebot gemacht. Sie bekamen Douglas' Anteile zwar nicht gerade geschenkt, aber der Preis war niedriger, als sie hatten hoffen können. Er setzte sie nur deshalb unter Zeitdruck, um sein schlechtes Gewissen gegenüber seiner Behörde etwas zu besänftigen. »Wir geben den Verkauf erst bekannt, wenn alles perfekt ist.«

Ragnarson besiegelte das Geschäft mit einem festen Händedruck. Während Gaunt sich seine Hand rieb, umarmte Anna Jorgensdottir ihren Mann stürmisch und wandte sich dann mit ähnlichen Absichten Gaunt zu.

Doch in diesem Moment ging die Tür auf, und Pete Close steckte den Kopf herein. Gaunt war noch einmal glimpflich davongekommen.

»Der Lastwagen mit der Fracht für Alfaburg ist da«, verkündete der Mechaniker. »Willst du die Ladung überprüfen, bevor wir umladen, Lief?«

»*Takk* . . . Ja, ich komme gleich.« Ragnarson schnitt eine Grimasse. »Es dauert nicht lange. Trinken Sie noch ein Glas Bier. Anna, du kommst besser auch mit.«

Als er allein war, zündete Gaunt eine Zigarette an und schlenderte in den großen, leeren Büroraum hinüber. Bisher war alles glatt über die Bühne gegangen. In zwei Tagen war die britische Krone das peinliche Erbe los. Das Drum und Dran an der Sache machte ihm noch Kopfzerbrechen. Er hatte das Gefühl, nur eine kleine Ecke des Vorhangs zurückgeschoben und dabei, wenn auch nur andeutungsweise, ein paar besonders üble Geheimnisse entdeckt zu haben.

Sein Chef würde ihm allerdings raten, die Finger von der Sache zu lassen. Gaunt zuckte die Schultern, zog an seiner Zigarette und wanderte weiter durch die Büroräume der Firma Arkival Air. Eine offene Tür am hinteren Ende des Korridors erregte seine Neugier. Der Raum war dunkel. Gaunt fand den Lichtschalter, knipste ihn an und pfiff leise durch die Zähne.

Er hatte den Funkraum der Arkival Air gefunden. Die Funkanlage war noch größer und moderner als er angenommen hatte. Und diese komplizierte Anlage hatte Jamie Douglas das Leben gekostet. Die Zigarette im Mundwinkel, versuchte Gaunt sich gerade mit Hilfe seiner geringen Kenntnisse über die von der Armee verwendeten Geräte dieser Art an der von Knöpfen und Schaltern übersäten Schalttafel zurechtzufinden, als er plötzlich Schritte hinter sich vernahm.

»*Herra* Gaunt.« Anna Jorgensdottir kam herein, und ihr Blick schweifte lächelnd von ihm zur Funkanlage. Dann wurde sie ernst. »Kennen Sie sich damit aus?«

Er schüttelte den Kopf. »Kaum.«

»Dieses Ding hat Jamie umgebracht«, murmelte Anna mit tonloser, beherrschter Stimme. »Trotzdem werde ich Ihnen zeigen, warum er so stolz darauf gewesen ist.«

Anna erklärte Gaunt die hochmoderne Funkanlage, mit der man sich sowohl in den Funktelefonverkehr der Insel einschalten als auch die Marinesender und den Funkverkehr der Flugzeuge überwachen konnte.

Anna drehte an einem Knopf, und im nächsten Moment ertönte eine Stimme mit amerikanischem Akzent. Es handelte sich um den Piloten einer Pan-Am-Maschine, der über dem Atlantik mit dem Zielflughafen in Paris sprach. »Das sind natürlich sehr hohe Frequenzen«, sagte Anna, und Gaunt nickte nachdenklich.

»Aber im Inlandsluftverkehr benutzt man doch Ultrakurzwelle, oder?« erkundigte er sich.

»Ja, sicher. Augenblick, ich zeig's Ihnen gleich.« Sie zog die Stirn in Falten und bediente mehrere Schalter. »Jamie ist eigentlich unser Experte auf diesem Gebiet gewesen ... aber ich kann's immer noch besser als Lief.« Andere Stimmen erfüllten plötzlich den Raum, und Anna drehte einen Knopf hin und her. »Hier auf dieser Frequenz bekommt man alle möglichen Leute ... Nicht nur den Funkverkehr zwischen Flugzeugen. Warten Sie ...« Sie kicherte, als eine tiefe Männerstimme auf Isländisch zu reden begann. »Ah, ja. Das habe ich mir gedacht. Das ist das Camp von Alfaburg. Sie sprechen mit ihrem Büro in Reykjavik über die Fracht, die wir heute transportieren werden.«

»Woraus besteht sie?« erkundigte sich Gaunt, als die Stimme ruhig weiterredete.

»Aus Lebensmitteln, Ersatzteilen ... das übliche ...« Sie verstummte, als plötzlich eine andere Stimme auf derselben Frequenz antwortete.

Gaunt erstarrte. Die Unterhaltung wurde auch weiterhin in Isländisch geführt, doch er hatte die Stimme sofort wiedererkannt. Es war dieselbe, die er am Vorabend im Hotelzimmer am Telefon vernommen hatte. Gaunt sah im Geist wieder den Schneemann und die zersplitternden Flaschen vor sich.

»Wer ist das jetzt?« fragte er erregt.

Anna Jorgensdottir sah ihn überrascht an. »Immer noch ihr Büro in Reykjavik.«

»Ich meine, wer spricht da jetzt?« drängte Gaunt. »Kennen Sie den Mann?«

Anna nickte. »Ja, das ist Gunnar Bjargson, der Geschäftsführer.« Sie griff erneut nach dem Knopf für die Sendereinstellung. »Vielleicht kann ich noch was Interessanteres hereinbringen.«

»Nein, bemühen Sie sich nicht«, widersprach Gaunt, während er angestrengt überlegte. Wenn Bjargson der Mann war, der ihn bedroht hatte, und er für Harald Nordur arbeitete . . . Weiter kam Gaunt nicht, denn Anna hatte das Funkgerät abgeschaltet. »Danke für die Vorführung, Anna. Sagen Sie, erinnern Sie sich noch, auf welcher Frequenz Jamie funken wollte, als er starb?«

»*Nei*, aber es sah so aus, als hätte er die Anlage völlig wahllos angestellt gehabt.« Ihr Lippen wurden schmal. »Die Polizei hat natürlich gehofft, daß es der Marinesender für die Fischkutter war. Sie wissen ja, glaube ich, was man über Lief redet . . .«

»Was natürlich barer Unsinn ist«, warf er amüsiert ein. »Wie geht es denn Tante Erna?«

Ihre Augen wurden groß, und sie lachte. »*Herra* Gaunt, ich glaube, Sie haben zuviel Phantasie. Und wie ich schon Chris sagte, haben Sie so eine überzeugende Art, durch die Sie vermutlich alles bekommen, was Sie wollen.« Sie zwinkerte ihm zu. »Wenn ich zehn Jahre jünger wäre . . . Ich würde alles für Sie tun.«

»Zehn Jahre? Das ist zuviel.« Gaunt grinste, aber in Wirklichkeit dachte er an ganz andere Dinge. »Ist Lief noch draußen im Hangar?«

Anna nickte, und Gaunt machte sich auf die Suche nach Lief. Neben einer der beiden zweimotorigen Cessnas stand ein kleiner Lieferwagen, und Ragnarson half zwei Männern Kartons auszuladen, die Pete Close dann in der Maschine verstaute. Chris war ebenfalls dort und hielt jeden Karton, der eingeladen wurde, auf einer Liste fest. Gaunt klopfte Ragnarson leicht auf die Schulter und winkte ihn beiseite.

»In der Maschine nach Alfaburg ist doch noch ein Platz frei«, sagte Gaunt. »Haben Sie was dagegen, daß ich mal einen kleinen Rundflug mache?«

»Tja . . .« Ragnarson zögerte. »Nordur mag keine unangemeldeten Besuche.«

»Das kann er halten, wie er will«, entgegnete Gaunt. »Aber im Augenblick bin ich der gesetzliche Vertreter des halben Kapitalvermögens dieser Firma. Vergessen Sie das nicht.«

»Okay, dann fliegen Sie natürlich mit«, meinte Ragnarson hastig.

»Danke.« Gaunt steckte die Hände in die Taschen und beobachtete das Verladen der Fracht. »Lief, was ist eigentlich aus Jamie Douglas' persönlichen Sachen geworden?«

Ragnarson kratzte sich verlegen hinterm Ohr.

»Tja, in seinem Apartment haben wir nicht viel gefunden. Die Kleidungsstücke habe ich verschenkt und Papiere und Dokumente unserem Anwalt übergeben. Wenn das falsch war . . .«

Gaunt schüttelte den Kopf. »Nein, deswegen frage ich nicht. Ist er an dem Tag, an dem er gestorben ist, noch geflogen?«

»Ja«, antwortete Ragnarson prompt. »An jenem Vormittag ist er ins Alfaburg-Camp geflogen.« Er runzelte die Stirn. »Jetzt ist es übrigens nicht mehr lange hell. Viel werden Sie auf dem Flug nicht sehen.«

»Ich möcht's einfach mal mitmachen«, erwiderte Gaunt störrisch. »Auf diese Weise schlage ich wenigstens die Zeit tot.«

Kapitel 4

Der Pilot der Maschine nach Alfaburg war ein junger, dunkelhaariger Däne namens Jarl Hansen, der in der Halle auftauchte, als Ragnarson und seine Leute mit dem Verladen fertig waren.

»Ich habe gern Gesellschaft«, sagte Hansen, als Ragnarson Gaunt vorstellte. »Vor allem auf Flügen wie diesem, sonst käme ich mir schon beinahe wie ein Lastwagenfahrer vor.« Hansen warf einen flüchtigen Blick auf den Flugplan, den er von Ragnarson bekommen hatte, und betrachtete dann mißtrauisch die schwerbeladene Maschine. Zusätzlich zu den Gepäckräumen im Bug und im Schwanz der Cessna hatte man auch den hinteren Teil der Kabine als Laderaum benutzt. »Okay. Hoffentlich kriegen wir die Mühle überhaupt in die Luft.«

Gaunt winkte Chris kurz zu, die etwas abseits von den anderen stand, kletterte auf den Platz des Co-Piloten und wartete, während der Pilot systematisch sämtliche Instrumente und anderen Vorrichtungen der Maschine überprüfte. Dann begannen sich die Propeller zu drehen. Hansen zwinkerte ihm kurz zu und fuhr die Cessna aus der Halle auf die Startbahn hinaus.

Sie mußten eine Weile auf die Starterlaubnis warten, da gerade eine andere Maschine der Arkival Air landete.

»Das ist Mattison«, erklärte Hansen. »Haben Sie ihn schon kennengelernt?«

Gaunt schüttelte den Kopf.

»Er ist ungefähr fünfzig, Isländer und ein bißchen begriffsstutzig«, fuhr Hansen fort. »Lief gibt ihm meistens die Flüge nach Alfaburg, aber heute mußte er einen Schwung Touristen zu den Westmänner-Inseln transportieren.« Hansen lächelte spöttisch, als die andere Cessna von der Landebahn rollte. »Na, wenigstens hat er wieder nach Hause gefunden.«

Wenige Minuten später waren sie gestartet. Die Maschine gewann schnell an Höhe. Sie flogen eine enge Schleife in nordwestlicher Richtung, so daß unter der linken Tragfläche Reykjavik lag. Die letzten Strahlen der untergehenden Sonne glitzerten auf dem Rumpf der Cessna. Pfeifend brachte Hansen die Maschine wieder in die richtige Lage. Sie stiegen weiter, bis die Cessna eine Flughöhe von achttausend Fuß erreicht hatte. Mit einer stetigen Reisegeschwindigkeit von 320 Stundenkilometern überflogen sie schneebedecktes Farmland, Felswüsten und Vulkane.

»Welche Route fliegen wir?« erkundigte sich Gaunt laut, um das Dröhnen der Motoren zu übertönen.

»Immer geradeaus.« Hansen reichte Gaunt die Flugkarte und deutete auf die riesige, bläulichweiße Eisfläche eines Gletschers, der am grauen Horizont plötzlich auftauchte. »Das ist der Langjokull. Wir fliegen rechts daran vorbei, über den Hofsjokull, einen anderen Gletscher, danach ist es nicht mehr weit. Viel sehen werden wir allerdings nicht.«

Der Däne sollte recht behalten. Wenige Minuten später brach die Dunkelheit herein, und die Eismassen des Langjokull waren im fahlen Mondschein nur noch als ein riesiger bläulicher Fleck zu erkennen. Dann war auch dieser unter ihnen verschwunden, und sie flogen eine Zeitlang nur über menschenleeres, schneebedecktes Land, bis die nächste große Eisbarriere, der Hofsjokull, aus der Dunkelheit auftauchte. Gaunt starrte in die Tiefe und versuchte sich vorzustellen, wie eine Notlandung in diesem Gebiet ausgehen würde.

»Ein Vorteil bei den Flügen nach Alfaburg ist, daß wir

schnell wieder auf dem Rückweg sein werden«, erklärte Hansen. »Der Empfang dort ist meistens nicht gerade überwältigend, aber man wird wenigstens nicht lange aufgehalten. Ich habe nämlich heute abend noch eine Verabredung in Reykjavik.«

»Wer ist denn der Leiter des Empfangskomitees?« fragte Gaunt.

»Meistens der Chefausbilder, Franz Renotti. Er ist Schweizer und ein ziemlich hartgesottener Bursche.« Hansen kontrollierte die Instrumente und korrigierte den Kurs. »Die anderen drei sind ganz nett. Einer von ihnen ist ein isländischer Bergführer namens Petursson, und die restlichen zwei sprechen mit amerikanischem Akzent. Woher sie sind, weiß ich nicht.«

»Und die Schüler?«

»Wenn wir sie hinfliegen, kommen sie mir immer wie Lämmer auf dem Weg zur Schlachtbank vor«, antwortete Hansen. »Aber schließlich machen sie diesen Zirkus freiwillig mit.«

Zehn Minuten später hatten sie den Hofsjokull hinter sich gelassen und verloren an Höhe. Hansen schaltete sein Funkgerät ein. Eine Stimme gab ihm leise Anweisungen, und er begann wieder ziemlich unmelodisch zu pfeifen, während er sich auf die dunkle Landschaft unter dem Flugzeug konzentrierte. Dann seufzte er zufrieden, als die doppelte Lichterreihe der Landebahn kurz vor ihnen aus der Dunkelheit auftauchte.

»Wir sind da«, verkündete er. »Alfaburg bedeutet auf Isländisch ›Tal der Elfen‹. Aber bisher habe ich dort nur verdammt haarige Elfen gesehen.«

Sie setzten auf einer schmalen, holprigen Landebahn auf, wendeten, rollten zurück und hielten neben einem nur spärlich erleuchteten Barackenkomplex an. Eine kleine Gruppe von Männern, die dort gewartet hatte, kam auf die Cessna zu, als Gaunt und Hansen aus der Maschine kletterten. Grimmig kalte Nachtluft schlug ihnen entgegen, und gefrorener Schnee knirschte unter ihren Schuhen. Im selben Augenblick heulte irgendwo ein Motor auf, die Silhouette eines Jeeps löste sich aus dem Schatten eines Gebäudes, und das Fahrzeug kam mit aufgeblendeten Scheinwerfern auf sie zu.

Hansen unterhielt sich kurz mit einem Mann im dicken Parka und stellte ihn dann Gaunt vor.

»Das ist Franz Renotti, der Chefausbilder. Er schlägt vor, daß Sie drüben im Büro einen Kaffee trinken, während seine Leute die Ladung löschen.«

Renotti, ein bärtiger Mann mit kantigem Gesicht, musterte Gaunt mißtrauisch und nickte.

»Auf Besucher sind wir nicht eingestellt«, erklärte er barsch in holprigem Englisch. »Und für Besichtigungstouren haben wir keine Zeit. Ist das klar?« Als Gaunt nickte, winkte Renotti eine der anderen dick vermummten Gestalten herüber. »Einer der Schüler bringt Sie zum Büro.«

Gaunt folgte dem jungen Mann zur vordersten Barakke. Hinter der knarrenden Holztür lag ein hellerleuchteter, spärlich möblierter Raum, der offensichtlich als Büro diente. In einer Ecke bullerte ein Gasofen, auf dem ein Topf mit Kaffee stand. Der junge Mann mit südländischen Zügen nahm einen Becher aus einem Schrank, schenkte Kaffee ein und reichte ihn Gaunt.

»Danke«, murmelte Gaunt. »Wollen Sie nicht auch einen?«

»Nein, Mister.« Der junge Mann grinste. »Wenn ich hier gemütlich Kaffeepause mache, zieht Renotti mir das Fell über die Ohren. Hier draußen tut man, was einem gesagt wird.«

Damit salutierte er mit spöttischem Lächeln vor Gaunt und ging in die Dunkelheit hinaus. Gaunt trank langsam seinen Kaffee und sah sich aufmerksam um. An einem großen schwarzen Brett hingen Dienst- und Unterrichtspläne, in einer Ecke standen mehrere Paar Skier, und ein einfacher Tisch diente als Schreibtisch. Gaunt zog überrascht die Augenbrauen hoch, als er in einem Gewehrständer neben einigen Schrotgewehren auch ein Maschinengewehr entdeckte. Er wandte sich um, als hinter ihm plötzlich die Tür aufging.

Eine andere dick vermummte Gestalt stapfte herein, stieß die Tür mit dem Fuß hinter sich zu, knallte eine Holzkiste auf den Tisch und sah dann Gaunt an.

»Wollen Sie uns hier draußen Gesellschaft leisten, Mr. Gaunt?« erkundigte sich der sommersprossige junge Mann grinsend. »Nach diesem Loch hier wird mir Edinburgh wie das Paradies vorkommen.«

»Adam Lawton . . . was, zum Teufel, machst du denn hier?« Gaunt starrte den rothaarigen jungen Mann entgeistert an. Adam Lawtons Vater war Taxifahrer in Edinburgh. Aber vor seiner Pensionierung war er Gaunts erster Zugführer bei der Armee gewesen. »Das letzte Mal, als ich deinen Vater getroffen habe, hat er mir erzählt, daß du Vermessungsingenieur geworden bist.«

»Stimmt!« Lawton stellte sich vor den Ofen, um sich aufzuwärmen. »Ich arbeite für die Firma Commonwealth Engineering.«

»Und die Firma hat dich hierhergeschickt?« Gaunt zog erneut die Augenbrauen hoch. Commonwealth Engineering war eines der größten privaten Bauunternehmen in Schottland. »Heißt das, daß du besonders gut bist, oder wollten sie dich nur los sein?«

»Augenblick.« Lawton ging zu einem Fenster, hob die Jalousie etwas hoch, spähte hinaus und wandte sich dann wieder an Gaunt. »Renotti, dieser Sklaventreiber, ist noch am Flugzeug beschäftigt. Ich kann mich also 'ne Weile verdrücken.« Er zündete sich hastig eine Zigarette an. »Das hier ist kein Luxushotel, Mr. Gaunt. Ich bin erst zwei Tage hier, und man muß sofort hart ran. Die halten dich täglich fast vierundzwanzig Stunden in Trab. Heute nacht sollen wir irgendwo in den Bergen in Schneelöchern schlafen.«

»Das formt den Charakter«, murmelte Gaunt. »Du bist ein aufstrebender junger Industriemanager, vergiß das nicht.«

»Ich?« Lawton schüttelte den Kopf und wurde verlegen. »Na, Ihnen kann ich's ja erzählen, obwohl ich strengstes Stillschweigen bewahren muß. Meine Firma hat den Auftrag bekommen, ein Kraftwerk in Nordisland zu bauen. Ein Riesenprojekt. Die Isländer wollen sogar elektrische Energie per Kabel unter dem Meeresboden nach Europa exportieren. Der Vertragsabschluß wird bald bekanntgegeben, und meine Firma hat schon einen Bautrupp für Island zusammengestellt. Ich bin mit von der Partie. Aber weiter als nach Glasgow bin ich noch nie gekommen und deshalb . . .«

». . . haben sie dich hierhergeschickt. Jetzt verstehe ich.« Gaunt wurde klar, was für wertvolle Dienste ihm der rothaarige junge Mann leisten konnte. »Adam, was hältst du von dem Unternehmen hier?«

»Abgesehen von ein paar Kleinigkeiten, macht mir die Sache, offengestanden, Spaß«, erwiderte Lawton und grinste. »Ich habe mich mit einem verrückten Spanier namens Juan angefreundet . . . Er ist der Bursche, der Sie vorhin hergebracht hat.«

»Und wie sind die Ausbilder?«

»Harte Burschen, aber ich glaube, sie verstehen ihr Geschäft.« Lawton runzelte die Stirn, zog geräuschvoll die Luft ein und ging vom Ofen weg. Ein Stück seines Parkas war bereits angesengt. »Aber ich bin natürlich erst am Anfang. Die andere Hälfte meiner Gruppe ist gestern gekommen. Die Jungs scheinen in Ordnung zu sein.« Er zuckte die Achseln. »Es gibt noch ’ne Klasse, die schon länger hier ist, aber die werden von uns streng getrennt gehalten.«

»Ihr kommt überhaupt nicht zusammen?« erkundigte sich Gaunt überrascht und warf einen Blick auf die Pläne am Schwarzen Brett. »Ich hätte gedacht . . .«

»Dort auf den Listen werden Sie die nicht finden«, klärte Lawton Gaunt auf. »Wir nennen sie die Leprakolonie. Die Jungs haben ihre eigene Baracke, eigene Unterrichtsräume . . . und wenn wir uns im Camp befinden, sind sie fort und umgekehrt.«

»Aber ihr habt dieselben Ausbilder?«

Lawton zog an seiner Zigarette und nickte.

»Du mußt sie doch wenigstens mal gesehen haben, oder?«

»Ja, ein- oder zweimal. Sie sind zu acht und ziemlich älter als wir. Die meisten scheinen schon fast dreißig zu sein.«

In diesem Moment wurde die Tür aufgerissen, und ein großer Mann im Ölzeug kam herein und musterte Lawton grimmig.

»He du! Raus mit dir!« befahl er wütend. »Wärm dir deinen Hintern ein andermal.« Er warf Gaunt einen flüchtigen Blick zu und entfernte sich wieder. Die Tür ließ er offen.

»Mist!« Lawton drückte hastig seine Zigarette aus. »Das war Garram. Einer der Ausbilder. Garram, der Gorilla. Wir haben ihm diesen Spitznamen gegeben. Tut mir leid, aber ich muß mich verabschieden.«

»Augenblick noch.« Gaunt vertrat ihm den Weg. »Adam, wo ist diese Sondergruppe untergebracht?«

»Hinter dem Bürogebäude müssen Sie nach links abbiegen.« Lawton drängte sich an Gaunt vorbei. »Es ist ein flacher Betonbau ... ein Überbleibsel aus der Zeit, in der die Leute von der NASA hiergewesen sind.«

Im nächsten Moment hatte sich die Tür hinter Lawton geschlossen. Gaunt starrte einen Augenblick nachdenklich vor sich hin, stellte dann den Kaffeebecher auf den Tisch, ging zum Fenster, schob die Jalousie etwas zur Seite und spähte hinaus. Die Männer waren noch immer damit beschäftigt, die Cessna zu entladen. Größere Kisten wurden in den Jeep verfrachtet, während kleinere Kartons sofort zu den einzelnen Hütten und Baracken gebracht wurden.

Ein untrüglicher Instinkt und Neugier hatten Gaunt veranlaßt, nach Alfaburg zu fliegen. Jetzt war er sicher, daß das das Richtige gewesen war, wenn er auch noch immer keine näheren Anhaltspunkte für sein Mißtrauen hatte.

Mit wenigen Schritten war Gaunt an der Tür. Er öffnete sie vorsichtig, vergewisserte sich, daß die Männer an der Cessna beschäftigt waren, ging hinaus und machte die Tür hinter sich zu. Draußen war es eiskalt, und der Schnee knirschte unter seinen Füßen, als er im Schatten der Hütten in die Richtung schlich, die ihm Lawton so vage beschrieben hatte.

Trotzdem fand Gaunt sofort, wonach er suchte. Der massive Betonbunker stand zusammen mit einer kleinen Hütte etwas abseits vom übrigen Lager düster und abweisend im Mondlicht. Gaunt lief vorsichtig über den breiten Streifen Land, der das Haus von den anderen Gebäuden trennte. Dabei fielen ihm sofort die hohe Funkantenne auf dem flachen Dach und die kleinen Lichtsegmente hinter einigen der schmalen, hohen Fenster auf.

Der Flachbau hatte offensichtlich nur einen Eingang, neben dem ein Schild an der Wand angebracht war. Zitternd vor Kälte schlich Gaunt näher, so daß er das Schild lesen konnte. Darauf stand: Zutritt für Unbefugte verboten. Darunter stand dieselbe Warnung jeweils in Deutsch, Französisch und Isländisch.

Für Gaunt war das erst recht ein Grund, sich das Gebäude genauer anzusehen. Er drückte die Klinke leise herunter, doch die Tür war verschlossen. Achselzuckend schlich er einmal um den Flachbau herum, konnte dabei jedoch nichts Besonderes entdecken. Von irgendwo aus dem Barackeninneren kam leise Musik.

Dann heulte plötzlich der Motor des Jeeps auf. Gaunt sprang geistesgegenwärtig hinter eine Hausecke, als der Jeep plötzlich mit grellen Scheinwerfern auf den Betonbunker zufuhr und vor dem Eingang hielt. Im Wagen saß nur ein Mann, der ausstieg und mit der Faust gegen die Tür des Bunkers schlug.

Die Tür wurde geöffnet. Im Lichtschein erkannte Gaunt, daß Garram, der Gorilla, der Fahrer des Jeeps war. Man hatte ihn offensichtlich erwartet, denn drei Männer stürmten aus dem Haus. Noch im Laufen zogen sie ihre Anoraks an und begannen sofort mit Garrams Hilfe die Kisten aus dem Jeep auszuladen und ins Haus zu tragen. Sie unterhielten sich dabei so leise, daß Gaunt kein Wort verstehen konnte.

Einer der Männer lachte. In diesem Moment begann eine der Kisten zu rutschen, und aus dem Lachen des Mannes wurde augenblicklich ein schriller Warnschrei, als die Kiste auf den Boden aufschlug. Die Männer standen einige Sekunden wie erstarrt, dann nahmen sie, sichtlich nervös geworden, ihre Arbeit wieder auf.

Schließlich lag nur noch eine Kiste im Jeep. Gaunt wußte, daß er jetzt keine Zeit mehr verlieren durfte. Er drückte sich tiefer in den Schatten einer Hütte und lief dann den Weg zurück zum Bürogebäude. Dort öffnete er die Tür und ging hinein.

»Sie sollten doch hier bleiben«, begrüßte ihn eine kalte, wütende Stimme.

Franz Renotti stand in der Mitte des Raumes und musterte Gaunt mit unbewegter Miene. Jarl Hansen neben ihm machte ein besorgtes Gesicht.

»Wir . . . wir sind fertig«, begann der Pilot beinahe entschuldigend. »Niemand wußte, wo Sie sind.«

»Tut mir leid«, antwortete Gaunt und sah Renotti lächelnd an, während er betont lässig zum Ofen ging und sich die Hände wärmte. »Ich wollte mir ein bißchen die Beine vertreten, bevor ich mich wieder in dieses winzige Flugzeug zwängen muß.« An dem warmen Ofen seufzte er zufrieden. »Viel gibt's hier wohl nicht zu sehen, was? Aber ich würde gern bei Tage wiederkommen.«

»Ja, dann ist's auch sicherer«, sagte Renotti grimmig. Seine Züge entspannten sich etwas. »Wir haben Gründe für die strengen Hausregeln. Hier gibt's überall Gräben und andere unangenehme Hindernisse. Es war unklug von Ihnen, im Dunkeln herumzuwandern.« Er sah Hansen an. »Sind Sie bereit?«

Hansen nickte und verließ als erster die Hütte. Als sie die Cessna erreichten, räumte eine Gruppe von Schülern gerade die letzten herumliegenden Schachteln und Kisten beiseite. Adam Lawton hielt sich wohlweislich im Hintergrund.

Der bärtige Renotti wartete neben der Maschine, bis die Motoren ansprangen, und trat erst zurück, als die Cessna sich in Bewegung setzte.

»Ich habe Sie ja gewarnt«, seufzte Hansen, als er die Cessna zum Start fuhr. »Der Empfang hier ist immer alles andere als herzlich.« Er lachte erleichtert auf. »Aber jetzt geht's nach Hause.«

Gaunt nickte und schnallte sich an.

Als sie die schmale Startbahn entlangrasten, sah Gaunt

einen Moment auf die kleiner werdenden Gestalten neben den Baracken des Alfaburg-Camps zurück. Sie verschwanden erst, als die Cessna an Höhe gewann und die eisige Wildnis unter ihnen nur noch aus grotesken dunklen Schatten bestand.

Es regnete in Strömen, als sie in Reykjavik landeten. Die zweite Cessna stand bereits neben dem Eingang der Halle der Firma Arkival Air, und Hansen fuhr seine Maschine auf den Platz daneben und schaltete die Motoren ab.

»Danke fürs Mitnehmen«, sagte Gaunt. »Wissen Sie, wann die nächste Maschine nach Alfaburg fliegt?«

»Vielleicht morgen.« Hansen zuckte gleichgültig die Schultern und öffnete die Kabinentür auf seiner Seite. »Wenn ich Glück habe, fliegt ein anderer, *Herra* Gaunt. Um die Alfaburgroute reiße ich mich nie. Ich mag die Leute dort nicht.« Er warf einen Blick auf seine Uhr. »Wie gesagt, ich habe eine Verabredung.«

Hansen sprang aus der Cessna und lief durch den Regen zum Hangar hinüber. Gaunt folgte ihm langsamer. Sein Rücken schmerzte ihn wie üblich. Er ging direkt zum Büro der Arkival Air hinüber. Anna Jorgensdottir saß allein im Zimmer. Ihre Miene hellte sich sichtlich auf, als Gaunt hereinkam.

»Lief ist in der Stadt«, berichtete sie. »Er hat eine Verabredung mit unserem Anwalt ... und mußte zur Bank ... Aber er hat schon angerufen. Es sieht so aus, als könnten wir das Geschäft abschließen. Hatten Sie einen guten Flug?«

»Ja. Es ging alles glatt, wir haben die Ladung abgeliefert.« Gaunt setzte sich auf die Schreibtischkante. »Anna, was ist in diesen Kisten gewesen?«

»Das übliche, glaube ich.« Sie kramte in ihrer Schublade, zog eine Liste heraus und nickte. »Nahrungsmittel, Ausrüstungsgegenstände . . . nichts Besonderes.«

Gaunt nahm ihr die Liste aus der Hand, überflog die einzelnen Posten und legte sie wieder beiseite. Die Aufstellung enthielt alle Dinge, die ein von der Umwelt abgeschlossenes Lager brauchte.

»Prüfen Sie das nie nach?«

»Nachprüfen?« wiederholte sie verwundert. »Nein . . . warum?«

»Es war nur so ein Gedanke. Vergessen Sie's.« Er schüttelte den Kopf. »Wann kommt Lief zurück?«

»Gar nicht. Wir treffen uns zu Hause.« Anna zog eine andere Schublade auf. »Aber er hat das hier für Sie dagelassen.« Sie gab ihm einen Schuhkarton, der mit einer Schnur zugebunden war. »Sie haben ihn doch nach Jamies Sachen gefragt. Lief meinte, Sie sollten das hier nehmen. Vielleicht finden Sie einen Freund oder Verwandten, der die Sachen haben möchte.«

»Ja, vielleicht.« Gaunt klemmte sich die Schachtel unter den Arm und stand auf. »Da ist noch was an diesem Alfaburg-Camp, das ich nicht verstehe, Anna. Warum werden die beiden Schülergruppen so streng voneinander getrennt?«

»Keine Ahnung. Ich bin noch nie dort gewesen«, gestand Anna. »Fragen Sie Lief. Oder, noch besser, fragen Sie Harald Nordur oder Gunnar Bjargson. Die beiden sind morgen hier.«

»Fliegt wieder eine Maschine nach Alfaburg?« erkundigte sich Gaunt.

Sie nickte.

Gaunt verabschiedete sich und verließ das Büro, rannte über den Parkplatz und sprang in den Matra.

Die Ringstraße um den Flugplatz war leer und verlassen. Dann, als er die Straße zum Loftleidir-Hotel erreicht hatte, tauchten plötzlich die Scheinwerfer von zwei schnell näherkommenden Autos in seinem Rückspiegel auf.

Sekunden später raste das erste der beiden Fahrzeuge, ein Ford, an ihm vorbei. Beim Überwechseln auf die rechte Fahrbahn geriet der Wagen plötzlich ins Schleudern. Bremsen quietschten. Der Ford stand quer über der Straße, so daß Gaunt seinerseits hart auf die Bremse treten mußte. Er brachte den Matra kurz vor dem Ford zum Stehen, und der Wagen hinter Gaunt hielt ebenfalls mit quietschenden Reifen an. Wütendes Hupen ertönte. Gaunt blieb hinter dem Steuer sitzen, denn er wollte das die beiden Isländer unter sich ausmachen lassen.

Im nächsten Moment wurde die Autotür auf seiner Seite aufgerissen, und er starrte verdutzt in die Mündung eines Revolvers. Der Mann, der die Waffe auf ihn gerichtet hielt, trug eine Strumpfmaske über dem Gesicht.

»Raus!« befahl er Gaunt scharf.

Gaunt blieb nichts anderes übrig, als auszusteigen.

»Los umdrehen, *Herra* Gaunt!« zischte die Stimme.

Gaunt gehorchte wortlos. Aus den Augenwinkeln beobachtete er, wie der Fahrer des Fords auf sie zulief. Dann explodierte der Schmerz wie eine Feuerwerksrakete in seinem Kopf, als der Revolverknauf auf ihn niedersauste.

Gaunt ging in die Knie. Noch immer bei Bewußtsein, aber gelähmt vor Schmerzen, spürte er, wie jemand ihn zur Seite schob. Dann hörte er, wie die beiden Männer zu ihren Autos liefen. Motoren heulten auf, und sie fuhren davon.

Stöhnend vor Schmerzen lehnte Gaunt sich gegen den Matra und stand eine Weile benommen im Regen. Dann kroch er hinters Steuer und zog die Tür zu. Mit zitternden Händen holte er eine Packung Zigaretten aus der Tasche und zündete sich eine an. Die Schuhschachtel war verschwunden. Er zog gierig an der Zigarette, bis er genug Kraft gesammelt hatte, um den Matra zum Loftleidir-Hotel zu fahren.

In der Empfangshalle des Hotels herrschte wie immer viel Betrieb, doch niemand kümmerte sich um den völlig durchnäßten Gaunt, der den Schlüssel holte und in sein Zimmer hinaufging.

Gaunt ließ sich einen doppelten Whisky aufs Zimmer bringen, zog seine nassen Sachen aus und untersuchte vorsichtig seinen Kopf vor dem Badezimmerspiegel. Er hatte eine eigroße, blutende Beule am Hinterkopf, aber sein dichtes Haar mußte die Wucht des Schlages ein wenig gemildert haben.

Mit einem Schluck Whisky nahm Gaunt schließlich zwei seiner Schmerztabletten, frottierte sich ab und zog ein trockenes Hemd und eine saubere Hose an.

Mit einem bitteren Zug um den Mund meldete er dann ein Gespräch nach Schottland an. Es dauerte einige Minuten, bis das Telefon klingelte.

»Machen Sie's kurz«, begrüßte Falconer Gaunt barsch. Gaunt hatte ihn offensichtlich noch knapp vor dem Verlassen des Büros erreicht. Falconers Frau bestand darauf, daß er pünktlich nach Hause kam. »Alles in Ordnung?«

»Nein«, antwortete Gaunt. »Ich habe Ärger.«

»Wegen der Arkival-Sache?« fragte Falconer prompt. »Gehen Sie mit dem Preis runter.«

»Diese Sache ist längst gelaufen. Sie kaufen die Anteile für achtundzwanzigtausend«, erwiderte Gaunt.

»Pfund oder Dollar?«

»Pfund.« Gaunt starrte wütend auf den Telefonhörer. »Henry, und wenn's Rabattmarken wären, wär's mir auch egal. Haben Sie mir was verschwiegen?«

»Inwiefern?« Falconer schien ehrlich verwirrt. »Geben

Sie's zu, Sie haben getrunken.«

»Wenn ich betrunken wäre, dann hätte ich jetzt weit weniger Probleme«, entgegnete Gaunt verärgert. »An dieser Firma Arkival Air und vielleicht auch an der Art und Weise wie James Douglas gestorben ist, ist was faul. Aber mit Alkoholschmuggel hat das jetzt nichts zu tun. Was wissen Sie über Douglas, das nicht in der Akte steht?«

»Nichts«, entgegnete Falconer ehrlich. »Ich habe Ihnen alles gesagt. Also verkaufen Sie den Kram, und lassen Sie nichts davon durchsickern, daß eine gewisse Dame mit der Sache zu tun hat.«

»Während Sie ›Rule, Britannia!‹ in der Badewanne singen«, schnaubte Gaunt. »Henry, seit vierundzwanzig Stunden setzen mir ein paar Leute hier hart zu. Jemand hat sich redlich Mühe gegeben, mir eine Heidenangst einzujagen. Dann ist ein Kriminalbeamter in meinem Hotelzimmer aufgetaucht und hat mir peinliche Fragen gestellt, und vor 'ner Viertelstunde bin ich von Profis niedergeschlagen und beraubt worden. Ich brauche Hilfe.«

»Welcher Art?« Falconer wurde vorsichtig. »Wenn wir unsere Botschaft oder die isländischen Behörden einschalten, können wir die Sache genausogut gleich an die große Glocke hängen.«

»Dann lassen Sie James Douglas noch mal genau überprüfen«, schlug Gaunt vor. »Und tun Sie mir den Gefallen, und lassen Sie mal Ihre Golfkontakte spielen. Fragen Sie Ihre Freunde aus der Industrie, was sie über ein Überlebenstrainingscamp namens Alfaburg wissen. Es wird von einem gewissen Harald Nordur geleitet. Einer seiner Schüler ist ein Angestellter der Commonwealth Engineering.«

»Ich werd's versuchen«, versprach Falconer zögernd. »Vergessen Sie nur nicht, weshalb Sie eigentlich in Island sind. Sie haben bereits eine Rückflugkarte. Kommen Sie so schnell wie möglich wieder zurück. Sonst noch was?«

»Nein. Ich rufe morgen früh wieder an«, erwiderte Gaunt. »Aber grüßen Sie eine gewisse Dame von mir.«

»Wen?« fragte Falconer scharf.

»Ihre Frau natürlich«, antwortete Gaunt unschuldig. »Wen denn sonst?«

»Heute abend ist das unmöglich«, erwiderte Falconer. »An Dienstagen reden wir nie miteinander.«

Gaunt legte grinsend auf. Er hatte bis zu seiner Verabredung mit Chris Bennet noch ungefähr eine Stunde Zeit, die er hauptsächlich radiohörend im Bett verbrachte. Schließlich duschte er sich, zog sich an und verließ das Hotel.

Inzwischen war ihm ein ungewöhnlicher Gedanke gekommen. Der Besuch in Alfaburg hatte ihn gewissermaßen darauf gebracht. Am Zeitungsstand in der Hotelhalle gab es die neuesten englischen Tageszeitungen. Gaunt kaufte eine Financial Times und setzte sich damit in einen Sessel.

Seine Bergwerksaktien sanken immer tiefer in den Keller, aber Commonwealth Engineering-Aktien waren gestiegen, und im Kommentarteil fand Gaunt einen versteckten Hinweis darauf, daß etwas von den bevorstehenden Geschäften mit Island durchgesickert sein mußte.

Pech war nur, daß die Commonwealth Engineering-Aktien für ihn viel zu teuer waren. Gaunt dachte angestrengt nach. Dann stand er auf, ging zum Empfang und ließ sich ein Telegrammformular geben, das er an John Milton, seinen Börsenmakler in Edinburgh, adressierte. Der Text lautete:

Verkaufe Zinn. Kaufe fünfhundert Comm. Engineering. Gaunt.

Dann reichte er das Formular dem Mann am Empfang,

bezahlte die Nachtgebühr und ging zu seinem geborgten Matra hinaus. Er fühlte sich jetzt schon viel besser.

Es hatte zu regnen aufgehört, als Gaunt den modernen Apartmentblock erreichte, in dem Chris Bennet wohnte. Chris wartete bereits hinter der großen Glastür der Eingangshalle auf ihn.

Gaunt stieg aus, öffnete die Tür zum Beifahrersitz und pfiff leise bewundernd durch die Zähne, als sie im Schein der Straßenlaternen auf ihn zukam.

Unter der lose über die Schultern gehängten Pelzjacke trug sie ein tiefdekolletiertes, raffiniert einfach geschnittenes Kleid aus altrosafarbener Seide. Sie hatte ihr langes, kupferbraunes Haar mit einem zum Kleid passenden Band zurückgebunden, und als einzigen Schmuck trug sie ein Goldarmband am linken Handgelenk.

»Sie sehen wunderbar aus«, sagte er begeistert und half ihr beim Einsteigen.

»Danke.« Sie sah ihn lächelnd an, als er sich hinter das Steuer setzte. »Machen Sie kein so überraschtes Gesicht. Lange Wollunterwäsche ist in diesem Land schon vor Jahren aus der Mode gekommen. Dafür gibt's jetzt zwar mehr Fälle von Lungenentzündung, aber . . .«

». . . aber das ist mir wesentlich lieber«, vollendete Gaunt gutgelaunt.

Sie hatten vereinbart, daß Chris das Restaurant auswählen sollte. Es lag in einer kleinen Gasse, nicht weit vom Hafen und abseits der Touristenlokale. Die Fassade war unauffällig. In dem kleinen Speisezimmer herrschte eine gepflegte, gemütliche Atmosphäre. Fast alle Tische waren besetzt, und soweit Gaunt es beurteilen konnte, war er der einzige Ausländer unter den Anwesenden.

Der Ober führte sie zu einem Tisch in einer Nische. Sie bestellten die Getränke. Die Wahl der Speisen überließ Gaunt Chris.

Sie begannen ihr Abendessen mit riklingur, kleinen, hervorragend zubereiteten Scheiben getrockneten Heilbutts. Der Wein wurde in einer Karaffe serviert. Gaunt hob erstaunt die Augenbrauen, als er den ersten Schluck probiert hatte.

»Schmeckt er Ihnen?« fragte Chris mit einem verschmitzten Glitzern in ihren braunen Augen.

»Ja.« Er trank einen zweiten Schluck und nickte. »Wer liefert denn den guten Tropfen? Lief Ragnarson?«

»Er ist öfters hier«, gab Chris verschmitzt zu. »Deshalb bekommen wir zwei auch zehn Prozent Rabatt auf die Rechnung.«

Der Ober bediente sie unauffällig, und der Pianist, der an dem Flügel im Hintergrund zu spielen begonnen hatte, schuf mit seiner Musik eine entspannte Atmosphäre. Sie unterhielten sich angeregt und erfuhren auf diese Weise langsam mehr voneinander, ohne neugierig zu werden. Schließlich wurde der Pianist von einem Gitarristen und einem Bassisten begleitet, und auf der kleinen Tanzfläche in der Mitte der Tische drängten sich bald die Paare.

Selbst mit dem von Chris versprochenen zehnprozentigen Abzug war die Rechnung ziemlich hoch. Der Ober geleitete sie zur Tür, und sie blieben einen Moment lang unter dem inzwischen wolkenlosen Sternenhimmel stehen.

»Es ist schon spät«, bemerkte Chris schließlich leise.

Er nickte stumm.

»Es . . .« Sie lächelte flüchtig. »Es ist vielleicht besser, Sie bringen mich jetzt nach Hause.«

Als sie das Apartmenthaus erreicht hatten, stellten sie den Matra auf dem Parkplatz ab, und Gaunt ging mit Chris hinein. Sie fuhren mit einem Lift in den fünften Stock. Chris schloß auf, knipste das Licht an und bat ihn hinein.

Während Gaunt seinen Mantel ablegte, sah er sich aufmerksam um. Das Wohnzimmer des Apartments war klein, aber sehr gemütlich eingerichtet.

»Möchten Sie was trinken?« erkundigte sich Chris.

»Ja, gern. Whisky, wenn Sie haben . . .«

»Ja, aber keinen reinen Malzwhisky«, sagte sie und trat an einen schmalen Glasschrank.

»Solange es schottischer Whisky ist, trinke ich alles«, sagte Gaunt und ging zu ihr. Chris nahm die Flasche aus dem Schrank, fingerte kurz am Verschluß herum und gab sie dann seufzend Gaunt. Gaunt drehte lächelnd mit einem Ruck den Schraubverschluß auf und reichte die Flasche wieder Chris.

»Danke. Ich habe das verdammte Ding erst heute nachmittag gekauft.« Sie wurde ein bißchen rot. »Ach je, das hätte ich wohl lieber nicht gesagt. Aber egal . . . Es ist jedenfalls kein geschmuggelter Whisky.«

Doch Gaunt hörte ihr kaum zu. Er starrte auf ein Farbfoto im Silberrahmen, das auf dem Schränkchen stand. Es zeigte ein ungefähr dreijähriges Mädchen mit kupferbraunem Haar und lachendem Mund beim Ballspiel.

»Sie heißt Inga«, sagte Chris ruhig und musterte ihn aufmerksam.

»Ihre Tochter?«

Sie nickte. »Sie lebt bei meinen Eltern, die eine Farm in der Nähe von Akranes haben. Ich fahre meistens zum Wochenende hin.« Sie lächelte wehmütig. »Ein Bauernhof ist für ein Kind eine herrliche Umgebung.«

»Ja.« Gaunt beobachtete, wie sie zwei Gläser Whisky-Soda eingoß. Er mußte sich plötzlich räuspern. »Patty und ich . . . wir hatten dieses Problem nicht. Aber was . . . was . . .?«

»Ihr Vater?« Sie reichte ihm gelassen sein Glas. »Wir

haben uns in London kennengelernt. Ich sollte dort eigentlich Buchhaltung lernen. Statt dessen habe ich ihn geheiratet, und dann sind wir nach Island gezogen. Er ist Chemiker, und mit einer Isländerin als Frau hatte er die besten Chancen, hier einen leitenden Posten zu bekommen.«

»Und dann?« Gaunt trank einen Schluck Whisky und sah sie über den Rand des Glases an.

»Kurz nach Ingas Geburt hat er eine andere Frau kennengelernt. Für isländische Verhältnisse war es ein Skandal, denn die beiden sind zusammen auf und davon. Sie war die Tochter eines Pfarrers.«

»Wie lange ist das her?«

»Über zwei Jahre. Sie sind inzwischen angeblich in Schweden, aber genau weiß das niemand.« Sie prostete ihm mit trotziger Miene zu und zuckte mit den Schultern. »Es ist vorbei. Und außerdem möchte ich Sie was Wichtigeres fragen. Jonny, interessieren Sie sich noch immer für Jamie Douglas?«

Gaunt nickte überrascht.

»Warten Sie.« Chris Bennet lief zu einer Tür. Ihr Seidenkleid schmiegte sich eng an ihre langen, schlanken Beine. Sie öffnete die Tür, und Gaunt sah für einen kurzen Augenblick, daß dahinter ein kleines Schlafzimmer lag. Chris ging hinein. Als sie wieder zurückkam, hielt sie ein winziges Päckchen in der Hand.

»Jamie Douglas ist ein paarmal hier gewesen«, erklärte sie bedächtig. »Wir haben dann etwas getrunken und uns unterhalten. Er hat sich manchmal sehr einsam gefühlt. Ich . . . ich habe Ihnen ja schon erzählt, was in der Nacht passiert ist, in der er gestorben ist. Aber etwas habe ich verschwiegen. Zwei Abende vorher ist er hier gewesen und hat mir das hier geschenkt.«

Verwirrt nahm Gaunt das kleine Päckchen und öffnete

es. Darin lag ein zierliches goldenes Medaillon an einer Goldkette. Die Kette war entzwei, aber das Medaillon war die perfekte Nachbildung eines Fingerabdrucks.

»Haben Sie das hier sonst noch jemandem gezeigt?«

»Nein.« Sie stand dicht neben ihm und betrachtete eingehend das Medaillon. »Er wollte, daß ich es für Inga aufhebe. Er hatte es angeblich beim Pokern gewonnen und wußte nichts damit anzufangen. Ich wollte es nicht annehmen, aber er hat es mir praktisch aufgedrängt.«

Gaunt betrachtete den Anhänger stirnrunzelnd genauer. Das Medaillon war ungewöhnlich dünn und trug auf der Rückseite lediglich den Feingehaltsstempel und eine schwer lesbare Seriennummer. Im Licht sah man an der Oberfläche leichte Abnutzungsspuren vom häufigen Tragen.

»Warum machen Sie so ein Geheimnis daraus?« fragte Gaunt und wickelte das Schmuckstück wieder ein.

»Aber Jamie ist doch tot.« Sie fuhr sich mit der Zunge über die Lippen. »Zuerst habe ich dem Anhänger keine Bedeutung beigemessen. Ich habe erzählt, was ich im Büro gesehen hatte, aber selbst Anna und Lief schienen mir nicht zu glauben. Später habe ich dann eingehender darüber nachgedacht. Ich weiß nicht, vielleicht hatte ich einfach Angst, vielleicht wollte ich mit der Sache auch nichts zu tun haben. Man kann mich sehr leicht verletzen ...«

»Ich kenne das Gefühl«, murmelte Gaunt leise. »Aber irgend jemand interessiert sich noch immer brennend für James Douglas. Kann ich es behalten?«

Sie nickte, und Gaunt steckte das Medaillon in seine Tasche. Dann hob er langsam den Arm und strich ihr zärtlich übers Haar. Sie fröstelte leicht, und plötzlich spürte er die Wärme ihres Körpers in seinen Armen. Ihre Lippen berührten sich, und ein tiefer, kehliger Seufzer entfuhr ihr.

Es war viel später, und sie lagen eng beieinander auf der alten Ledercouch. Im Zimmer herrschte gedämpftes Licht, die alte Schallplatte von Fats Waller war gerade verklungen, und die Whiskyflasche war fast leer.

Plötzlich läutete das Telefon. Chris hob erstaunt den Kopf, schimpfte leise vor sich hin, und ihr Haar berührte Gaunts Gesicht, als sie schläfrig nach dem Hörer griff. Gaunt warf einen Blick auf seine Uhr und konnte es selbst kaum glauben, daß es inzwischen schon drei Uhr morgens sein sollte.

»Ja?« fragte Chris gedehnt und sah ihn lächelnd an. Dann richtete sie sich starr auf, sagte kurz etwas auf Isländisch, legte die Hand über die Sprechmuschel und murmelte: »Es ist Lief ... Lief Ragnarson. Sprich lieber selbst mit ihm.«

Gaunt stützte sich auf die Ellbogen, und sein Magen krampfte sich zusammen, als er den Ausdruck in Chris' Augen sah. Er nahm den Hörer.

»Was gibt's?« erkundigte er sich kurzangebunden.

»Ärger«, antwortete Ragnarson heiser am anderen Ende. »Ich habe zuerst in Ihrem Hotel angerufen, aber als Sie dort nicht waren ... Tja, es war Annas Idee. Tut mir leid, aber ich mußte Sie unbedingt finden.«

»Warum?« Gaunt war hellwach, als er den besorgten Unterton in Ragnarsons Stimme hörte. »Was ist los?«

»Augenblick. Sagen Sie mir zuerst, ob Sie heute abend diesen verdammten Matra gefahren haben.«

»Ja, natürlich.«

»Und Sie haben ihn vor Chris' Apartmenthaus geparkt?«

»Ja«, entgegnete Gaunt ungeduldig. »Was ist damit?«

»Jemand hat sich den Wagen ausgeliehen«, berichtete Ragnarson. »Die Polizei hat Anna vor zwanzig Minuten zu Hause angerufen. Zum Glück sind die Burschen nicht persönlich aufgetaucht. Sie glauben nämlich, ich sei auch brav zu Hause. Der Matra war in einen Unfall auf der Straße zum Flugplatz verwickelt. Der Junge, der ihn gefahren hat, ein stadtbekannter Automarder, ist tot. Er hatte die Zündung kurzgeschaltet.«

»Auf der Straße zum Flugplatz?«

»Ja, genau auf der Route, die Sie auf dem Heimweg ins Hotel gefahren wären«, bestätigte Ragnarson, als hätte er Gaunts Gedanken erraten. »Tja, und jetzt kommt der interessanteste Teil der Geschichte. Die Polizei behauptet, der Matra sei von einem schweren entgegenkommenden Lastwagen praktisch gegen eine Mauer gedrückt worden. Der Lastwagenfahrer hat nicht mal angehalten, aber es gibt Zeugen.«

»Und was macht die Polizei jetzt?«

»Die sucht einen fahrerflüchtigen Betrunkenen.« Ragnarson seufzte tief. »Jonathan, ich glaube, da ist was im Gange. Aber ich begreife nicht ganz, was eigentlich los sein soll. Dieser Matra ist ein verdammt auffälliges und seltenes Fahrzeug gewesen. Angenommen . . .«

»Vermutungen können wir später anstellen«, unterbrach Gaunt ihn. »Was hat Anna der Polizei gesagt?«

»Nur, daß sie glaubt, daß der Matra auf dem Firmenparkplatz auf dem Flughafen gestanden hat, als wir das Büro heute abend verlassen haben.« Ragnarson machte verlegen eine Pause. »Sie . . . sie wollte Sie aus der Sache raushalten.«

»Warum?« erkundigte sich Gaunt eisig. Er sah sich um, als Chris seinen Arm berührte. Ihre Miene drückte Besorgnis und Verwirrung aus, doch er schüttelte nur den Kopf. »Erzählen Sie mir auch gleich den Rest, Lief. Was macht Ihnen denn noch Kopfzerbrechen?«

»Gar nichts«, wehrte Ragnarson heiser ab.

»Oh, Mann, ich bin nicht von gestern«, konterte Gaunt grimmig. »Lief, mit der isländischen Polizei habe ich nichts zu tun. Von mir aus können Sie bis an Ihr Lebensende Alkohol schmuggeln und glücklich dabei werden. Aber bitte, überlegen Sie doch mal! Was ist mit Jamie Douglas wirklich passiert?«

Am anderen Ende war es lange still. Chris zündete eine Zigarette an, zog einmal daran und steckte sie Gaunt dann zwischen die Lippen. Ihre Finger zitterten dabei leicht.

»Vielleicht haben Sie recht«, sagte Ragnarson schließlich.

»Wo sind Sie jetzt?« fragte Gaunt. »Ich komme zu Ihnen.«

»Ich . . .« Ragnarson zögerte einen Moment, dann gab er sich geschlagen. »Chris soll Sie zu mir bringen. Sie kennt den Weg. Alles andere erzähle ich Ihnen, wenn Sie hier sind.«

Damit legte Ragnarson auf.

Kapitel 5

Chris brauchte nur wenige Minuten, um sich Jeans und einen dicken Wollpullover anzuziehen, dann verließen sie die Wohnung. Ihr kleiner blauer Ford stand in der Tiefgarage des Apartmentblocks, und Chris übernahm das Steuer.

Reykjavik wirkte um diese Zeit fast wie ausgestorben. Sie begegneten lediglich einigen Streifenwagen der Polizei und Taxis. Sie fuhren die Küstenstraße in Richtung Norden. Chris lenkte den Wagen schnell und sicher, warf Gaunt ab und zu einen prüfenden Seitenblick zu und sagte kaum ein Wort.

Ragnarsons Anruf schien sie erschüttert zu haben. Gaunt ging es nicht viel besser. Schließlich hätte er in dem Matra sitzen können, und darauf hatten es die Drahtzieher des Unfalls ja auch abgesehen gehabt. Statt dessen war ein dummer Junge tot, und er fuhr um halb vier Uhr morgens zu Lief Ragnarsons Schmugglerhauptquartier.

»Wie weit ist es?« fragte er Chris.

»Ungefähr eine Stunde Fahrzeit. Wenn weiterhin so wenig Verkehr ist, schaffen wir es schneller.« Sie konzentrierte sich auf die Straße. »Schlaf ein bißchen, Jonny. Mir macht die Fahrerei nichts aus.«

Er legte einen Moment die Hand zärtlich auf ihren Arm, lehnte sich dann in die Polster zurück und versuchte zu schlafen. Die Straße wand sich in vielen Kurven von einem Fjord zum anderen. Die Hinweisschilder trugen fast immer die Aufschrift Akranes, aber als er den Schein der Stadtbeleuchtung am Horizont sah, bog Chris plötzlich in Richtung Borganes ab. Kurz darauf berührte Chris ihn leicht an der Schulter.

»Wir sind gleich da.« Sie deutete auf einen kleinen Komplex langgestreckter, einstöckiger Gebäude.

Sie bremste ab, bog auf einen holprigen Kiesweg ein, und in dem Augenblick, als Gaunt erkannte, daß die langgestreckten Bauten Glashäuser waren, blendete Chris die Scheinwerfer auf und ab. Die Antwort war ein Zeichen mit der Lichthupe von einem in der Nähe parkenden Lastwagen.

Chris hielt an, schaltete Licht und Motor aus, und sie stiegen aus. Zwei Lastwagen und mehrere Autos standen bereits vor den Gewächshäusern. Chris führte ihn zu einem alten, halbverfallenen Backsteingebäude. Der Wachposten im Führerhaus des Lastwagens nickte ihnen freundlich zu.

»Ein Freund von dir?« erkundigte sich Gaunt leise.

»Ja, ich kenne ihn«, gab sie zu.

»Dann gehörst du also zu Liefs Team?«

»Nein. Ich weiß nur, was gespielt wird.« Vor der Tür des Backsteinhauses blieb sie stehen. »Hast du was dagegen?«

Gaunt schüttelte den Kopf. Chris stieß die Tür auf, und sie betraten ein altes Pumpenhaus, in dem ein riesiger Tank stand, von dem ein Gewirr von Rohren ausging. Vier Männer sortierten im Schein starker Batterielampen Kisten und kleine Fässer. Sie sahen einen Moment auf, tauschten bedeutungsvolle Blicke und machten sich wieder an die Arbeit. Gaunt kannte keinen einzigen von ihnen.

»Hierher!« ertönte Ragnarsons Stimme. Der korpulente Mann trat hinter dem Tank hervor und begrüßte Gaunt mit einem Kopfnicken. »Sie sind schnell gekommen, Jonathan. Sie ... Sie wissen doch, wo Sie sich befinden?«

»Ja, ich kann's mir denken«, erwiderte Gaunt gelassen. »Aber wenn mich was nichts angeht, dann setzt mein Erinnerungsvermögen meistens aus.«

»Takk.« Ragnarson war sichtlich erleichtert. Er wandte sich an Chris: »Ist ... ist unterwegs alles glattgegangen?«

Sie schüttelte den Kopf. »In der Nähe der Abbiegung vor Akranes sind wir einem Streifenwagen begegnet. Ist noch Kaffee da, Lief?«

»Ja, die Thermosflasche steht drüben in der Ecke.« Ragnarson wies ihr vage die Richtung. »Seit die Gärtnerei ein neues Pumpenhaus gebaut hat, steht das alte leer und verlassen. Einer der Angestellten der Firma ist mein Freund. Wenn eine geschmuggelte Ladung durchkommt, schaffen wir sie zuerst hierher. Aber wenn irgend möglich beginnen wir schon innerhalb der nächsten vierundzwanzig Stunden mit der Verteilung.«

»Und die Lastwagen?« wollte Gaunt wissen.

»Zwei Ladungen sind schon fort. Die beiden draußen übernehmen den Rest.« Ragnarson zuckte die Achseln. »Falls die Polizei überhaupt was merkt, sind die Lieferwagen einer Gärtnerei ziemlich unverdächtig. Gärtnereien fahren ihre Ware meistens in den frühen Morgenstunden aus. Und wenn die Beamten einen Wagen durchsuchen, finden sie nur Gemüse.« Ragnarson grinste. »Auch ein Teil der Abmachung mit meinem Freund. Aber deswegen sind Sie nicht gekommen. Jemand hat doch versucht, Sie heute nacht umzubringen, stimmt's?«

»Da können Sie Gift drauf nehmen«, antwortete Gaunt gelassen. Chris kam zurück und gab ihm einen Becher lauwarmen Kaffee. Er trank einen Schluck und fügte hinzu: »Aber fragen Sie mich ja nicht, warum. Ich weiß nur, daß jemand anzunehmen scheint, ich sei in Island, um ihm Ärger zu machen.«

»Ja.« Ragnarson kaute nachdenklich auf der Unterlippe. »Jonathan, wir haben Montagnacht eine Ladung an Land gebracht . . . das hier ist nur der Rest.« Er deutete auf die Kisten und Fässer. »Heute habe ich erfahren, daß die Polizei und die Küstenwache vorher einen Tip bekommen hatten. Sie wußten nur nicht, wie wir die Ware an Land bringen wollten. Falls das stimmt . . .«

»Es stimmt«, versicherte Gaunt ihm und mußte unwillkürlich lächeln, als er Ragnarsons erstauntes Gesicht sah. »Ein Polizeiinspektor namens Gudnason ist bei mir gewesen und . . . und hat die Sache flüchtig erwähnt.«

»Gudnason.« Ragnarson sog scharf die Luft ein. »Ich kenne ihn . . . das genügt. Hat er gesagt . . .?« Er schüttelte den Kopf. »Nein, das hat Zeit. Diese andere Geschichte ist wichtiger. Bevor ich heute abend das Haus verlassen habe, hat Anna einen Anruf bekommen. Es war eine Warnung. Man hat uns geraten, über alles, was Jamie Douglas betrifft, den Mund zu halten. Falls wir uns nicht daran halten würden . . .« Ragnarson zuckte die Achseln, » . . . wollen sie Anna innerhalb von vierundzwanzig Stunden zur Witwe machen.«

Chris stieß einen unterdrückten Schrei aus und legte die Hand auf Ragnarsons Arm. Gaunt dachte sofort wieder an sein Erlebnis mit dem Schneemann.

»Hat sie die Stimme erkannt?«

»Nein, sie klang vollkommen verzerrt«, antwortete Ragnarson.

»Sie haben dich zwar bedroht, aber was ist mit Anna?« warf Chris ein. »Warum hast du sie überhaupt allein gelassen?«

»Mädchen, ich bin kein Anfänger«, entgegnete Ragnarson. »Natürlich habe ich jemand bei ihr gelassen.« Er seufzte. »Ich glaube, ich muß mich bei dir entschuldigen.«

»Du meinst wegen Jamie Douglas' Tod?« Chris schüttelte langsam den Kopf. »Deswegen mache ich dir keinen Vorwurf. Ich hatte ja wirklich nichts in der Hand. Aber jetzt . . .« Sie wandte sich an Gaunt. »Johnny, du weißt Dinge, von denen wir keine Ahnung haben. Stimmt's?«

»Ja«, gab Gaunt vorsichtig zu. »Aber ihr seid sicherer, wenn es dabei auch bleibt.«

»Das könnte Ihnen so passen!« Ragnarson packte Gaunt am Aufschlag seines Jacketts. »Wenn mich jemand bedroht, dann will ich auch wissen, wer das ist.«

»Hören Sie auf, so zu schreien«, meinte Gaunt gelassen.

»Tja, manchmal bin ich leider etwas zu laut«, seufzte Ragnarson und ließ Gaunt los. »Also gut. Chris und Sie kommen am besten mit mir nach Hause. Dann weiß Anna auch gleich Bescheid.«

»Vielleicht wird dein Haus überwacht«, gab Chris zu bedenken.

»Das ließe sich feststellen, aber ich bezweifle, daß es so ist«, entgegnete Gaunt. »Jedenfalls müssen wir Anna einweihen.« Er wandte sich an Ragnarson. »Ich habe Montagabend ebenfalls einen Anruf bekommen. Aber ich kenne inzwischen die Stimme.«

»Wer ist es?« erkundigte sich Ragnarson gespannt.

»Harald Nordurs rechte Hand, Bjargson.« Gaunt lächelte, als er Ragnarsons ungläubige Miene sah. »Und ich bin überzeugt, daß Nordur einen Ihrer Leute im Büro dafür bezahlt, daß er Sie überwacht.«

Ragnarson fluchte laut und kräftig.

»Jetzt sagen Sie mir nur noch eines«, erklärte Gaunt neugierig, als die Schimpfkanonade vorüber war. »Die Küstenwache hatte Mullers Kutter schon auf dem Radarschirm, als er Snaefellsnes angelaufen hat. Dann hat das Boot wieder Kurs auf die offene See genommen. Warum?«

»Weil Mullers Vater und mein Vater Fischer ... und Schmuggler gewesen sind.« Ragnarson lächelte spöttisch. »Ich habe von ihnen gelernt. Wenn man die Gezeiten und die Strömungen an der Küste kennt, dann weiß man eben, daß Gegenstände, die man an einer bestimmten Stelle ins Wasser wirft, an einem anderen ganz bestimmten Ort an Land geschwemmt werden.« Er legte den Arm um Chris' Schultern. »Sie weiß auch Bescheid. Ihr Vater und ich sind zusammen aufgewachsen. Muller hat sechs Rettungsflöße mit Schmuggelware zu Wasser gelassen, und die sind bereits zwanzig Minuten später an Land gewesen.«

»Verlieren Sie nie einen Teil der Ladung?« fragte Gaunt.

»Doch, einmal ist ein Floß mit Whisky verschwunden«, gab Ragnarson zu. »Aber wir wissen, wer's gefunden hat. Das ganze Dorf ist eine Woche lang betrunken gewesen.«

Lief Ragnarson und Anna Jorgensdottir lebten in einem renovierten Bauernhof. Anna erwartete Ragnarson bereits an der Hintertür. Das Paar umarmte sich liebevoll, dann bat Anna Gaunt und Chris, einzutreten. In der Küche saß grinsend Hansen, der zweite Pilot der Arkival Air. Vor ihm auf dem Küchentisch lag eine doppelläufige Flinte.

»Ich dachte, Sie hatten 'ne Verabredung mit 'nem Mädchen«, wandte sich Gaunt mit unbeweglicher Miene an Hansen.

»Stimmt, aber die mußte ich leider absagen. Außerdem mag ich reife Frauen.« Er zwinkerte Anna zu.

Ragnarson klopfte ihm dankbar auf die Schulter und brachte ihn zur Tür. Als Ragnarson zurückkam, hatten Anna und Chris den Tisch gedeckt und Kaffee gekocht. Dazu gab es dänisches Kleingebäck, Butter und Marmelade. Bevor Ragnarson sich an den Tisch setzte, nahm er Anna beiseite und sprach leise mit ihr. Dann nahmen sie ebenfalls Platz.

»Lief hat mir erzählt, daß Sie uns einiges zu sagen haben, Jonathan«, begann Anna, während sie mit ruhiger Hand Kaffee einschenkte.

Gaunt nickte. Er berichtete den anderen, was er seit seiner Ankunft in Island erlebt hatte, und erzählte Anna und Ragnarson mit Chris' Erlaubnis auch von dem kleinen goldenen Anhänger.

Als Gaunt geendet hatte, fluchte Ragnarson unterdrückt und sah seine Frau an.

»Wenn diese Leute versucht haben, Sie umzubringen, dann müßten sie inzwischen wissen, daß der Anschlag mißlungen ist«, erklärte Anna.

Gaunt nickte.

Anna wandte sich an Chris. »Ich kann verstehen, warum du von dem Anhänger nie etwas gesagt hast. Könnten wir ihn mal sehen?«

»Jonathan hat ihn.« Chris fuhr sich mit der Zunge über die trockenen Lippen. »Aber warum hat Jamie ihn mir gegeben, wenn er so wichtig ist?«

»Vielleicht, weil er wußte, daß er bei dir in Sicherheit ist«, vermutete Gaunt achselzuckend. »Möglicherweise hat er auch erst später herausbekommen, daß das Schmuckstück von Bedeutung ist.«

Damit zog er das Päckchen mit dem Medaillon aus der Tasche, wickelte es aus und gab es Anna und ihrem Mann. Die beiden warfen einen Blick auf das Schmuckstück und sahen sich dann kopfschüttelnd an. Sie wußten nichts damit anzufangen.

»Augenblick, ich möchte das genau wissen«, sagte dann Ragnarson bedächtig. »Sie glauben also, daß man Ihnen den alten Schuhkarton gestohlen hat, weil dieser verdammte Nordur hoffte, den Anhänger darin zu finden?«

»Ja, den oder was anderes«, stimmte Gaunt zu.

»Hm.« Ragnarson dachte nach. »Außer mir und Anna hat niemand von der Existenz der Schachtel gewußt ... das heißt, bis gestern nachmittag, als ich sie Anna für Sie gegeben habe.«

»Pete Close, unser Mechaniker, und Mattison, der zweite Pilot, sind im Büro gewesen«, warf Anna ein. »Beide könnten uns gehört haben.«

»Ich bin ebenfalls dabeigewesen«, ließ sich Chris vernehmen. »Damit sind wir schon drei.«

»Aber Chris, du gehörst doch zur Familie«, erklärte Ragnarson.

»Also gut, bleiben wir bei zwei Zeugen. Könnten Mattison oder Close von Mullers Lieferung gewußt haben?« erkundigte sich Gaunt.

Ragnarson seufzte verlegen und sah seine Frau an.

»Möglich ist es«, gab Anna zu. »Lief redet manchmal zuviel im Büro. Und wenn jemand gehört hat, wie wir über Funk mit Muller auf der Orva gesprochen haben . . .« Anna schüttelte plötzlich den Kopf. »Jonathan, das alles ergibt doch keinen Sinn. Sie beschuldigen Nordur und Bjargson. Aber Nordur braucht uns und die Arkival Air. Warum sollte er uns also Schwierigkeiten machen wollen? Was er von Ihnen hält, hat doch damit nichts zu tun.«

»Sie haben nicht ganz unrecht, Anna«, antwortete Gaunt. »Aber nehmen wir doch mal an, er wollte die Aufmerksamkeit der Polizei auf die Orva lenken, um selbst eine wichtige Ladung aus dem Ausland an Land bringen zu können.«

»Und weil er dachte, daß meine Leute nicht geschnappt werden würden?« Ragnarson nickte verwirrt. »Aber was sollte dieser Schwede an Land schmuggeln wollen?«

»Möglicherweise einen Teil der Ladung, die eines Ihrer Flugzeuge gestern nach Alfaburg gebracht hat«, antwortete Gaunt nachdenklich.

Ragnarson starrte Gaunt sprachlos vor Erstaunen an.

»Sie haben mir gesagt, daß Nordur den Piloten für die Alfaburg-Flüge selbst bestimmen wollte. Wen hat er sich ausgesucht? Mattison?« Gaunt erwartete gespannt die Antwort.

Und Lief Ragnarson nickte. »Deshalb habe ich auch Hansen geschickt. Damit ist also Mattison der Wolf im Schafspelz.«

»Das kann ich nicht beurteilen. Ich bin ihm nie begegnet.« Gaunt dachte nach. »Tun Sie mir einen Gefallen, Lief, und lassen Sie Mattison vorerst in Ruhe. Benehmen Sie sich ihm gegenüber wie immer.«

»Dafür sorge *ich* schon«, kam Anna Gaunt zur Hilfe.

Gaunt grinste. »Letzte Frage: Was ist mit den außerplanmäßigen Flügen, die Sie für Nordur machen sollen?«

»Einer erfolgt gleich morgen früh um halb elf. Nordur

hat als Passagier gebucht.« Ragnarson starrte grimmig auf die Tischdecke. »Es schließt sich ein zweiter an und noch einer übermorgen. Wir fliegen leer hin und bringen Passagiere zurück.«

»Passagiere?« Gaunt hob erstaunt die Augenbrauen.

Ragnarson zuckte mit den Schultern. »Es sind Schüler vom Camp. Nordur organisiert doch diesen Spezialkurs, dessen Teilnehmer von den übrigen Schülern streng getrennt gehalten werden. Der letzte Kurs ist früher zu Ende als üblich. Deshalb fliegen wir acht Schüler aus. Es ist alles wie immer. Wir bringen sie nach Reykjavik und von da mit dem Bus nach Keflavik. Dort besteigen sie ein Flugzeug einer internationalen Fluglinie.«

»Und wohin fliegen sie?« Gaunt fluchte leise, als Ragnarson den Kopf schüttelte. Ohne zu wissen warum, hatte er das Gefühl, daß diese Information wichtig war. »Können Sie das nicht feststellen?«

»Chris und ich werden das übernehmen«, mischte sich Anna ein. »Wir kennen die richtigen Leute.«

»Tut das. Aber ohne viel Staub aufzuwirbeln.« Gaunt lächelte dankbar.

»Und was machst du?« fragte Chris ihn.

Gaunt sah auf die Uhr. Es war kurz vor sechs Uhr morgens. »Ich glaube, wir können alle ein wenig Schlaf brauchen. Alles Weitere hängt vermutlich von Nordur ab.«

Kurz darauf verließ er mit Chris das Haus. Chris fuhr den Ford schweigend zum Loftleidir-Hotel, und Gaunt war zu müde, um eine Unterhaltung in Gang zu bringen. Vor dem Hotel hielt sie an und sah ihn prüfend an.

»Was hast du wirklich vor?« fragte sie.

»Der Mann, für den ich arbeite, ist pünktlich um neun Uhr morgen früh in seinem Büro«, erwiderte er. »Ich habe versprochen, ihn anzurufen. Dann weiß ich vielleicht mehr.«

Er beugte sich zu ihr, küßte sie fest auf den Mund, stieg aus und machte die Tür hinter sich zu. Sie sah ihm traurig durch die Scheiben nach, hob dann eine Hand und fuhr in der Dunkelheit davon.

Der Nachtportier am Empfang des Loftleidir-Hotels gab Gaunt mit unbeweglicher Miene den Zimmerschlüssel.

»Möchten Sie geweckt werden, *Herra* Gaunt?« erkundigte er sich höflich.

»Ja, in zwei Stunden«, antwortete Gaunt und zwinkerte dem Mann zu. »Reykjavik ist eine nette Stadt.«

Dann drehte er sich um und ging in sein Zimmer hinauf.

Gaunt kam es vor, als hätte er höchstens zwei Minuten geschlafen, als der Weckanruf kam. Er hob schlaftrunken den Hörer ab und zwang sich dann, aufzustehen. Nachdem er sich kalt geduscht, rasiert und angezogen und eine Tasse Kaffee getrunken hatte, fühlte er sich besser.

Er band gerade seine Krawatte, als es an der Tür klopfte. Es war Inspektor Gudnason.

»Ah, Sie kommen wohl wieder zum Frühstück zu mir«, meinte Gaunt.

Gudnason verzog keine Miene und schenkte sich einfach eine Tasse Kaffee ein.

»Ich hätte das auch anders machen können«, begann er. »Ich hätte Sie in mein Büro bringen lassen können. Aber ich habe beschlossen, auf den guten Eindruck zu vertrauen, den ich von Ihnen gewonnen hatte, *Herra* Gaunt.«

»Setzen Sie sich«, forderte Gaunt den Inspektor auf. Auch er hatte das Gefühl, Gudnason vertrauen zu können. »Ich bin schon fast froh, daß Sie gekommen sind.«

»Das habe ich gehofft.« Gudnason machte es sich in einem Sessel bequem. »Sie wissen, daß vergangene Nacht ein Jugendlicher ums Leben gekommen ist?«

»Lief Ragnarson hat's mir erzählt«, nickte Gaunt und blieb stehen.

»Dann wissen Sie sicher auch, daß der Junge den Matra Rancho gefahren hat, den Sie gestern benutzt haben.« Gudnasons Miene wurde hart. »Der Junge hieß Niels. Er war schon öfters in Schwierigkeiten ... aber er war erst sechzehn. Unsere Kollegen haben den Lastwagen gefunden, der ihn angefahren hat. Er war ebenfalls gestohlen. Vom Fahrer keine Spur. Nicht einen einzigen Fingerabdruck haben wir gefunden.« Nach einer Pause fuhr er fort: »Sollten Sie in dem Matra umgebracht werden?«

»Ich glaube schon«, erwiderte Gaunt und überlegte sich jedes Wort. »Aber ich kann's nicht beweisen. Außerdem hat die Sache nichts mit Ragnarson zu tun.«

Gudnason nickte. »Der Junge ist ermordet worden, *Herra* Gaunt. Und obwohl Ragnarsons Frau das Gegenteil behauptet, nehme ich an, daß Ragnarson gestern abend nicht zu Hause gewesen ist. Ich ahne auch warum, aber das ist jetzt nicht wichtig.« Er betrachtete nachdenklich seine Hände. »Als ich gestern zum ersten Mal mit der britischen Botschaft gesprochen habe, wußten die gar nicht, daß Sie in Island sind, *Herra* Gaunt. Später wußten Sie's plötzlich. Ich fand das, offengestanden, seltsam.«

»Sie sind nicht informiert gewesen.« Gaunt zündete sich eine Zigarette an. »Ich bin hergekommen, um den Nachlaß von James Douglas zu regeln. Ich hatte keine Ahnung, daß er wahrscheinlich ermordet worden ist.«

»Ich verstehe.« Aus Gudnasons Mund klang das wie ein Seufzer. »*Fru* Bennet hat uns damals gesagt, sie glaube, an jenem Abend eine Pistole bei Douglas gesehen zu haben. Wir haben eine Waffe gefunden ... aber in einer Schublade in seiner Wohnung. Natürlich haben wir einen Verdacht, aber leider keine Beweise.«

»Nehmen wir an, er ist wirklich ermordet worden«, meinte Gaunt. »Nehmen wir an, sein Mörder hat etwas gesucht, es aber nicht gefunden. Er hat also vermutlich das Büro der Arkival Air gefilzt und dann Douglas' Schlüssel genommen und sich in dessen Apartment zu schaffen gemacht. Dabei hätte er die Waffe mitnehmen und in die Schublade legen können. Tote, die eine Waffe bei sich tragen, erregen viel zuviel Aufmerksamkeit.«

»Und das, was er angeblich gesucht hat, gibt's das wirklich?« wollte Gudnason wissen.

»Douglas hat's jedenfalls gut versteckt. Vielleicht wußte er auch gar nicht, daß es so wichtig ist.« Gaunt zog den Anhänger mit dem Fingerabdruck aus der Tasche und hielt ihn an der Kette hoch. »Haben Sie schon mal einen ähnlichen Anhänger gesehen?«

Gudnason nahm das Schmuckstück in die Hand, betrachtete es aufmerksam, wobei er nachdenklich auf seiner Unterlippe kaute. »Ich habe von den Dingern gehört, aber sie werden nicht in Island hergestellt. Die Abdrücke werden in einem besonderen Verfahren gemacht. Die Kosten ...« Er verstummte. Seine Augen verengten sich zu schmalen Schlitzen. »Die Seriennummer auf der Rückseite könnte bedeuten, daß die Hersteller eine Kundenliste führen.«

»Vielleicht sollten Sie das mal überprüfen«, schlug Gaunt hoffnungsvoll vor.

»Das werde ich tun.« Gudnason steckte den Anhänger ein und lächelte spöttisch. »Später frage ich Sie dann auch, woher Sie das Schmuckstück haben.«

»Später werde ich's Ihnen möglicherweise auch sagen«, antwortete Gaunt. Er drückte seine Zigarette im Aschenbecher aus. »Hören Sie, Inspektor. Viel mehr weiß ich nicht. Aber ich bin überzeugt, daß Douglas in ein Wespennest getreten ist. Und vielleicht bin ich da auch hineingestolpert. Was ist, wenn ich Ihnen einen Namen sage? Kommt er in die Akten?«

»*Herra* Gaunt«, erwiderte Gudnason grinsend. »Ich hab' nicht mal mein Notizbuch dabei.«

»Also schön: Der Name lautet Harald Nordur. Nordur leitet das Alfaburg-Camp.« Gaunt beobachtete, wie Gudnason überrascht die Augenbrauen hochzog. »Kennen Sie ihn denn nicht?«

»Ich habe schon von ihm gehört«, erwiderte Gudnason. »Er hat aber einen guten Ruf.« Er stand achselzuckend auf. »Lief Ragnarson kommt heute morgen in mein Büro. Er muß lediglich eine formelle Aussage wegen des Matra Rancho machen. Das ist alles. Aber wir beide werden uns bald noch mal unterhalten müssen. Solange möchte ich Sie bitten, keine Dummheiten zu machen. Sie könnten mich sonst in eine peinliche Lage bringen. Verstehen Sie?«

Gaunt nickte und brachte den Inspektor zur Tür. Als er wieder allein war, schnitt er eine resignierte Grimasse. Er hätte die ganze Sache Gudnason überlassen und nach Schottland zurückfliegen können. Das hätte er sogar tun sollen. Aber Chris, Ragnarson und seine Frau waren in den Fall verwickelt, und wenn Gaunt etwas angefangen hatte, war er so eigensinnig, es auch zu Ende zu führen.

Fünf Minuten später meldete er ein Gespräch mit dem Lord Treasurer's Remembrancer's Office in Edinburgh an. Als Falconer sich meldete, klang seine Stimme gereizt, was meistens ein Zeichen dafür war, daß er gerade die Morgenpost öffnete. »Hatten Sie bei Ihren Freunden Glück?« fragte Gaunt ohne Umschweife.

»So, wie ich denen zugesetzt habe, habe ich bald keine Freunde mehr«, erwiderte Falconer verdrossen. »Bei den meisten hat das Alfaburg-Camp einen guten Ruf, deshalb schicken sie auch ihre Leute hin.«

»Bei den meisten?« wiederholte Gaunt. »Also nicht bei allen, Henry.«

»Vor ungefähr zwei Jahren hat es da einen peinlichen Vorfall gegeben. Zwei Jungs von einem großen Konzern haben sich auf verbotenes Gebiet vorgewagt, oder so ähnlich. Sie sind dann zurückgekommen und haben behauptet, sie seien von ihren Ausbildern brutal niedergeschlagen worden. In dem vertraulichen Bericht von Alfaburg stand aber, sie seien betrunken gewesen.« Falconer machte eine Pause. »Die Firma war nicht gerade begeistert und hat seitdem niemanden mehr nach Alfaburg geschickt.«

»Sonst nichts?«

»Gar nichts«, erwiderte Falconer bestimmt. »Und niemand hat je von diesen Spezialkursen gehört. Sie stehen in keinem Prospekt.«

»Das überrascht mich nicht«, murmelte Gaunt. »Was haben Sie über Nordur selbst herausbekommen?«

»Wenig.« Falconer seufzte. »So wenig, daß es schon beinahe wieder verdächtig ist. Vielleicht mag er keine Publicity. Er hat mal als Universitätsdozent gearbeitet, und falls er sich dabei irgendwie die Finger schmutzig gemacht hat, ist es offiziell nie bekannt geworden. Bei James Douglas hatte ich mehr Glück. In seiner Personalakte bei der Luftwaffe steht eigentlich nur Gutes über ihn. Allerdings mußte er zuletzt wegen Veruntreuung von Staatsgeldern seinen Abschied nehmen.«

»Die Schlauen werden bei sowas nie erwischt, sondern befördert«, bemerkte Gaunt zynisch. Trotzdem war es ein wertvoller Hinweis. Gaunt fragte sich insgeheim, ob Douglas versucht haben könnte, jemanden zu erpressen. Dann kam ihm plötzlich ein ganz anderer Gedanke. »Tun Sie mir einen Gefallen, Henry. Sehen Sie mal im Wirtschaftsteil der heutigen Zeitung nach, wie die Aktien von Commercial Engineering stehen.«

Gaunt hörte, wie Falconer am anderen Ende schimpfend mit der Zeitung raschelte. Dann sagte Falconer: »Die sind um zwei Punkte gestiegen, aber mich interessiert mehr, wann wir hier wieder mit Ihnen rechnen können. Wie stehen diesbezüglich die Aktien?«

»Ich wäre froh, wenn ich das wüßte«, antwortete Gaunt. »Trotzdem wünsche ich Ihnen noch einen schönen Tag.«

Er legte auf, bevor Falconer noch etwas sagen konnte.

Gaunt dachte über das nach, was er eben am Telefon erfahren hatte. Die Sache wurde immer komplizierter. Schließlich suchte er aus dem Telefonbuch von Reykjavik, das im Zimmer lag, die Adresse des Alfaburg-Büros in Reykjavik heraus. Er riß die betreffende Seite kurzerhand heraus und steckte sie in seine Tasche. Dann zog er seinen Mantel an und verließ das Hotel.

Gaunt ließ sich von einem Taxi zum Alfaburg-Büro bringen. Der Taxifahrer hatte den amerikanischen Sender von Keflavik eingeschaltet. Es war Nachrichtenzeit.

Ein Senator hatte irgendwo etwas gesagt, es gab Überschwemmungen in Indien und die üblichen Reibereien im Mittleren Osten. In London war ein russischer Spion verhaftet worden, und zwei englische Geschäftsleute saßen in Moskau in Untersuchungshaft. Das Flugzeug, das den amerikanischen Delegierten zur Konferenz des Internationalen Währungsfonds bringen sollte, war in Keflavik gelandet, wo der Delegierte die Nacht verbracht hatte, weil er als Soldat früher einmal in Island stationiert gewesen war. In Japan gab es Studentenunruhen.

Der Taxifahrer wählte abrupt einen anderen Sender. Sie hatten die Straße im Hafenviertel erreicht, in der das Alfaburg-Büro lag. Als das Taxi abbremste, entdeckte Gaunt Harald Nordurs graues Coupé am Straßenrand.

Gaunt ließ das Taxi auf der gegenüberliegenden Seite anhalten, blieb jedoch im Wagen sitzen und betrachtete nachdenklich die Fassade des alten Lagerhauskomplexes mit breiter Laderampe. Neben einem Seiteneingang glänzte ein großes Messingschild an der Wand, und dahinter führte eine Treppe in die oberen Stockwerke hinauf. Hinter den Fenstern im ersten Stock waren die Vorhänge zugezogen, und es brannte Licht.

»*Takk*«, sagte Gaunt und klopfte dem Taxifahrer leicht auf die Schulter. »Das wär's. Bringen Sie mich zum Flugplatz.«

Der Mann warf ihm einen seltsamen Blick zu und fuhr achselzuckend weiter. Auf dem Parkplatz der Arkival Air bezahlte Gaunt den Fahrer, stieg aus und ging hinein.

Anna Jorgensdottir saß allein im Zimmer hinter ihrem Schreibtisch. Sie hatte die Ellbogen auf die Tischplatte gestützt und starrte ausdruckslos auf die große Islandkarte an der Wand.

»Jonathan!« Sie richtete sich erstaunt auf. Sie lächelte zwar, wirkte jedoch müde und übernächtigt. »Haben Sie überhaupt geschlafen?«

»Ja, wie ein Murmeltier.« Gaunt sah sich um. »Sind Sie allein?«

»Lief ist bei der Polizei«, antwortete sie gezwungen heiter. »Sie wollten wegen des Matra mit ihm reden. Er müßte jeden Augenblick zurückkommen. Chris ebenfalls. Sie ist kurz für mich zur Bank gefahren.«

»Wollen Sie mir nicht sagen, was los ist, Anna?« fragte Gaunt leise und sah sie aufmerksam an. »Es ist doch was passiert, oder?«

Einen Augenblick lang schien es, als wollte Anna leugnen, doch dann öffnete sie nur schweigend eine Schreibtischschublade und zog eine Schachtel heraus, die mit Blockbuchstaben an die Firma Arkival Air adressiert worden war.

»Ich habe Lief nichts davon erzählt«, erklärte sie und stellte den Karton auf den Tisch.

Gaunt öffnete verwundert den Deckel. Seine Augen wurden schmal, und er fluchte unterdrückt. In der Schachtel lag eine kleine, als Wikinger-Prinzessin verkleidete Puppe, wie sie in Souvenirläden verkauft wurden. Doch ihr Mund war brutal mit Heftklammern verschlossen, was der blondgelockten, rotbackigen Puppe ein schreckliches Aussehen verlieh.

»Wie ist das Paket gekommen?« erkundigte sich Gaunt.

»Ein Bote hat es heute morgen gebracht«, antwortete Anna und steckte die Schachtel wieder in die Schublade. »Ich ... ich war über den Inhalt ziemlich entsetzt.«

»Tut mir leid, Anna.« Er legte die Hand auf ihre Schulter. »Ich habe das alles ins Rollen gebracht.«

»Aber doch nicht absichtlich. Das wissen wir alle.« Sie wechselte abrupt das Thema. »Ich habe übrigens heute morgen mit meinen Freunden am Flughafen gesprochen. Interessiert es Sie noch, welches Reiseziel Nordurs Schüler haben?«

Er nickte.

»Vier haben Plätze in einer Maschine gebucht, die morgen abend nach Luxemburg fliegt, die anderen vier fliegen übermorgen nach Brüssel.« Anna stand auf. »Eines ist allerdings merkwürdig: Keiner kehrt dorthin zurück, woher er gekommen ist.«

»Was ist mit eurem Flug nach Alfaburg heute morgen?« wollte Gaunt wissen.

»Ich wollte gerade mal nachsehen, wie weit sie sind.« Anna winkte Gaunt, ihr zu folgen.

In der Flugzeughalle der Arkival Air standen beide Cessnas im Scheinwerferlicht. Pete Close lag unter der rechten Tragfläche und überprüfte die Landeklappe. Ein ungefähr fünfzigjähriger Mann im Overall sah ihm dabei zu.

»Ist das Mattison?« erkundigte sich Gaunt leise.

Anna nickte. »Er macht diesmal die Tour nach Alfaburg.«

Mattison nickte ihnen freundlich zu. Er hatte ein rundes, langweiliges Gesicht, war mittelgroß und untersetzt. Er schien der Typ des sturen, phantasielosen, aber tüchtigen Menschen zu sein. Trotzdem war er der verdächtigste unter den Angestellten der Arkival Air ... vorausgesetzt, Pete Close hatte eine reine Weste.

»Ist alles soweit?« erkundigte sich Anna.

»Ja, die Ladung ist verstaut, und der Wetterbericht ist gut, *Fru* Jorgensdottir«, meldete Mattison förmlich, ohne Gaunt weiter zu beachten. »Pete ist nur mal wieder übervorsichtig.«

»Sei froh, daß ich es bin«, brummte Close unter der Tragfläche. »Selbst dein fetter Hintern würde auf 'nem Gletscher Frostbeulen bekommen.« Er warf Gaunt einen Blick zu und grinste. »Na, wie war's gestern im Alfaburg-Camp?«

»Ich glaube, die mochten mein Rasierwasser nicht«, entgegnete Gaunt.

Close lachte. »Die Leute dort draußen benutzen überhaupt keines.«

Anna besprach mit Mattison den Zeitplan und die Frachtliste, und Gaunt schlenderte zum offenen Tor der Halle. Draußen begann es langsam hell zu werden. Es war beinahe halb elf. Kurz darauf beobachtete er, wie Lief Ragnarsons Saab vor dem Büro der Arkival Air anhielt. Ragnarson entdeckte Gaunt sofort und kam auf ihn zu.

»Na, wie ist's Ihnen bei der Polizei ergangen?« erkundigte sich Gaunt.

»Besser als ich dachte«, antwortete Ragnarson. »Man

hat mir ein paar Routine-Fragen gestellt, ich mußte meine Aussage unterschreiben und war entlassen.« Er deutete zum Hangar hinüber. »Wie sieht's da drinnen aus?«

»Sie warten nur noch auf Nordur. Sonst ist alles fertig«, erwiderte Gaunt. »Woraus besteht die Ladung heute?«

»Alles Lebensmittel . . . und diesmal habe ich mich persönlich davon überzeugt«, versicherte Ragnarson. »Sie kamen fertig verpackt von demselben Lieferanten wie immer. Ich habe heimlich ein paar Kartons geöffnet.« Ragnarson sah sich um, als die Scheinwerfer eines Wagens auf der Zufahrtsstraße auftauchten. »Das ist sicher Nordur.«

»Dann befolgen Sie meinen Rat, und benehmen Sie sich Nordur gegenüber ungezwungen wie immer«, empfahl Gaunt Ragnarson eindringlich. »Sie haben schließlich keinen Grund, anzunehmen, daß er derjenige ist, der Sie bedroht.«

»Ich werde mich bemühen«, versprach Ragnarson. »Wenn er mich sucht, ich bin in der Halle.«

Gaunt verstellte Ragnarson den Weg. »Da ist noch was, Lief. Bitte sprechen Sie mal unter vier Augen mit Anna, wenn die Cessna nach Alfaburg gestartet ist.«

Ragnarson zog die Augenbrauen hoch und nickte langsam. Dann ging er davon. Gaunt blieb rauchend auf dem freien Platz vor der Halle stehen. Harald Nordurs graues Coupé parkte neben Ragnarsons Wagen. Nordur war nicht allein. Außer ihm stieg auch noch der große, schlanke Bjargson aus dem Wagen.

Als die beiden Gaunt unter der Außenbeleuchtung des Hangars erkannten, zögerten sie einen Moment, kamen aber dann doch auf ihn zu.

»Immer noch in Island, *Herra* Gaunt?« fragte Nordur ihn mit einem Anflug von Sarkasmus. »Ich dachte, Sie müßten längst auf der Heimreise sein.«

»Bald ist es soweit«, erwiderte Gaunt lächelnd.

Nordur nickte. Er trug einen wattierten Anorak über einem dicken Wollpullover, Jeans und Gummistiefel. Über die Schulter hatte er die orangefarbene Flugtasche des Alfaburg-Camps gehängt. Mit unbeweglicher Miene deutete er auf seinen Begleiter. »Das ist Gunnar Bjargson, mein Geschäftsführer in Reykjavik.«

Bjargson, der wie Nordur auch Anorak und Jeans trug, murmelte Unverständliches.

»Sag Bescheid, daß wir da sind, Gunnar!« befahl Nordur.

»Ich komme gleich nach. Und bereite Ragnarson schonend darauf vor, daß wir noch einen Platz für dich brauchen.«

Bjargson nickte und ging mit langen Schritten auf die Halle zu.

»Fliegen Sie beide ins Camp?« fragte Gaunt.

»Ja. Wir haben eine Konferenz. Einer der Kurse ist beendet.« Nordur zuckte mit den Schultern und musterte Gaunt mit undurchsichtiger Miene. »Wie ich höre, haben Sie dem Camp schon einen Besuch abgestattet. Wenn Sie mir Bescheid gesagt hätten, hätte ich die Sache besser organisieren können. Meine Leute mögen keine Fremden. Ein Teil unserer Ausbildung ist, daß die Schüler vollkommen von der Außenwelt abgeschlossen werden. Also, falls Sie wieder mal ins Camp fliegen möchten . . .«

»Nein, das ist unwahrscheinlich«, antwortete Gaunt ruhig. »Ich habe hier noch viel zu tun.«

»Das Geschäft mit Ragnarson, was?« Nordurs Augen glitzerten hinter den Brillengläsern. »Oder haben Sie mehr vor?« Ohne Gaunts Antwort abzuwarten, warf er einen Blick auf die Uhr und sagte lächelnd: »Ich muß gehen. Alfaburg sieht bei Tageslicht aus der Luft sehr malerisch aus. Schade, daß Sie es so nicht sehen können.«

Gaunt blickte Nordur nach, wie er in der Halle verschwand. Der Schwede hatte mit ihm Katz' und Maus gespielt. Aber Bjargson flog zusammen mit Nordur nach Alfaburg. Gaunt hatte eine Idee. Er machte einen großen Bogen um die Flughalle und betrat das Büro der Arkival Air durch den Vordereingang.

Das Büro war leer und verlassen. Gaunt zog die herausgerissene Seite des Telefonbuchs von Reykjavik aus der Tasche, nahm den Hörer ab und wählte die Nummer des Alfaburg-Büros.

Es hob niemand ab.

Er horchte noch eine Weile auf das Rufzeichen und legte dann wieder auf. In diesem Augenblick kam Chris Bennet herein. Ihre Miene hellte sich sichtlich auf, als sie ihn sah.

»Noch mal guten Morgen«, murmelte sie lächelnd. »Ich dachte schon, daß du hier bist.«

»Ich wollte, offengestanden, gerade gehen«, antwortete Gaunt. Er freute sich, als er ihr enttäuschtes Gesicht sah. »Aber ich komme zurück. Steht dein Wagen draußen?«

Sie nickte.

»Kannst du ihn mir für kurze Zeit leihen?«

»Wie lange?« fragte sie stirnrunzelnd und zog den Schlüssel aus der Tasche. »Jonny, wenn du Staub aufwirbelst . . .«

»In der britischen Botschaft?« antwortete er unschuldig. »Da gibt's keinen Staub.«

Chris lächelte erleichtert und gab ihm die Schlüssel.

»Wirklich nur die Botschaft?« fragte sie.

»Wirklich«, log er und ging.

Kapitel

6

Der Morgen graute endlich, als Jonathan Gaunt Chris' Wagen aufschloß und einstieg. Er lehnte sich in die Polster zurück. Von seinem Platz hinter dem Steuer aus konnte er den Eingang des Hangars genau beobachten. Schließlich hörte er, wie der Motor der Cessna aufheulte. Kurz darauf rollte die Maschine aus der Halle auf die Startbahn zu. Gaunt erkannte Mattison auf dem Pilotensitz. Neben ihm war Nordur zu sehen und dahinter auf dem Passagiersitz Bjargson.

Gaunt wartete, bis die Cessna gestartet war, und ließ dann den Motor an.

Vom Flugplatz aus fuhr er direkt ins Hafenviertel und hielt einige hundert Meter vor dem alten Lagerhaus an. Den restlichen Weg ging er zu Fuß. Als er zum Lagerhaus kam, fuhr gerade ein Lieferwagen, der vor der Rampe geparkt hatte, weg. Sonst konnte er weit und breit keine Menschenseele sehen.

Er betrat das Haus durch den Seiteneingang, neben dem die Messingplatte mit der Aufschrift ›Alfaburg‹ angebracht war, stieg die Steintreppe hinauf und blieb auf dem Treppenabsatz stehen. Dort gab es nur eine Tür. Auch an dieser Tür hing ein Messingschild, auf dem in großen Buchstaben ›Alfaburg‹ stand. Daneben befand sich ein Klingelknopf.

Gaunt drückte auf die Klingel. Er hörte, wie es drinnen läutete, doch niemand öffnete.

Schließlich trat er einen Schritt zurück, holte mit dem rechten Fuß aus und knallte ihn kräftig gegen die Tür. Die Tür zitterte in den Angeln und gab beinahe nach, doch erst nach dem zweiten Tritt sprang das Schloß auf.

Den Atem anhaltend, blieb Gaunt auf dem Treppenabsatz stehen und horchte angestrengt. Doch alles blieb ruhig. Offensichtlich hatte niemand den Lärm gehört. Schließlich betrat er das Alfaburg-Büro und machte die Tür hinter sich zu. Von einem langen Korridor aus führten mehrere Türen ab.

Gaunt verschaffte sich zuerst einen Überblick über die Räumlichkeiten und fand heraus, daß das Apartment aus einer kleinen Küche, einem Badezimmer, zwei spartanisch eingerichteten Schlafzimmern und einem großen Wohnzimmer bestand, das gleichzeitig als Büro diente. In einem offenen Schrank entdeckte er ein Kopiergerät, und neben zwei metallenen Aktenschränken stand eine komplette kleine Funkanlage. Die Aktenschränke waren nicht verschlossen. Gaunt konzentrierte sich jedoch zuerst auf den Schreibtisch vor dem Fenster.

Die Papiere im Ablagekorb waren nur uninteressante Geschäftsbriefe. Obenauf lag eine Rechnung von der Firma Arkival Air. Achselzuckend machte Gaunt sich an den Schreibtischschubladen zu schaffen. Die oberste war verschlossen. Gaunt benutzte einen schweren Brieföffner, um das Schloß aufzubrechen. Dabei brach die Klinge ab, und er verletzte sich den Finger.

Gaunt steckte den blutenden Finger in den Mund und ging zum Papierkorb hinüber, um den Brieföffner wegzuwerfen. Im Papierkorb lag eine Zeitung. Gaunt bückte sich und holte sie heraus. Aus der ersten Seite war ein großes Stück herausgerissen worden, aber sie trug das Datum des Tages.

Seufzend warf er Öffner und Zeitung in den Papierkorb und ging wieder zum Schreibtisch. In der obersten Schublade entdeckte er eine Geldkassette, die eine kleine Summe Bargeld enthielt, und einen Terminkalender.

Er blätterte gerade den Terminkalender durch, als ein

Fußbodenbrett hinter ihm knarrte.

Gaunt wirbelte herum und erstarrte. Pete Close stand im Türrahmen und hatte die Luger-Pistole genau auf Gaunt gerichtet. Aber Close war nicht allein. Hinter ihm tauchten zwei muskulöse, vierschrötige Kerle in dicken Wollpullovern und Jeans auf. Die beiden waren ebenfalls bewaffnet.

»Diesmal haben Sie die Sache gründlich verpatzt, Freundchen, was?« Mit hämischem Grinsen kam der schlaksige englische Mechaniker einen Schritt näher. Seine Begleiter nahmen rechts und links von ihm Aufstellung. »Sie sind einfach in die Falle getappt. Genau wie wir erwartet hatten.«

»Wir machen alle mal einen Fehler«, sage Gaunt und hob die Hände hoch. »Nordur hat mich also reingelegt?«

»Sieht doch ganz so aus, oder?« Close musterte ihn spöttisch. »Er hat die beiden hier als Wache vor dem Büro zurückgelassen. Ich habe dann plötzlich Kopfschmerzen bekommen, habe mir bei Arkival Air freigeben lassen und bin Ihnen gefolgt.«

Gaunt leistete keinen Widerstand, als einer der beiden Muskelprotze, ein gewisser Olaf, ihn gründlich durchsuchte. Dann zog der andere, ein Mann namens Berg, eine lange Nylonschnur aus der Tasche und band Gaunt die Hände auf den Rücken.

Harald Nordur hatte Gaunt eine ganz einfache Falle gestellt, und dieser war hineingestolpert. Die einzige wirkliche Überraschung war Pete Close für Gaunt. Dabei hätte er, Gaunt, längst auf Pete Close kommen müssen. Mattison war viel zu geradlinig und stur, um sich in eine solche Sache hineinziehen zu lassen.

Close steckte die Waffe ein, kam näher und überprüfte die Fesseln. Dann schüttelte er den Kopf. »Nordur kennt Ihnen gegenüber keinen Pardon mehr, mein Freund. Pech für Sie. Ich persönlich habe nichts gegen Sie.«

»Sie sind ja auch nur ein Handlanger«, erwiderte Gaunt gleichmütig. »Haben Sie oder haben die beiden Jungs hier gestern nacht die Tour vermasselt?«

»Die beiden. Ich ...« Close verstummte abrupt. Ein besorgter Ausdruck trat in seine Augen. Dann hatte er sich wieder in der Hand und lachte heiser. »Ich leiste Nordur und seinem Freund nur ein bißchen Hilfestellung ... gegen Barzahlung, versteht sich. Im Augenblick habe ich zum Beispiel einen Einbrecher dingfest gemacht.«

»Und was war mit Jamie Douglas?« wollte Gaunt wissen. »Wo hat er eigentlich eingebrochen?«

Close drehte sich abrupt zu Gaunt um und fuhr sich mit der Zunge über die Lippen.

»Wir nehmen Sie nur in Verwahrung, bis Nordur zurückkommt«, sagte er heiser und sah sich aufmerksam um. Er gab Olaf und Berg ein Zeichen. »Los, ihr beiden!«

Im nächsten Moment wurde Gaunt zu dem Einbauschrank in der Ecke gezerrt und hineingestoßen. Die Tür schlug hinter ihm zu, und der Schlüssel drehte sich im Schloß. Einer der Männer lachte heiser, bevor er den Raum verließ.

Der Schrank hatte ein schmales Oberlicht, so daß es im Inneren verhältnismäßig hell war. Gaunt zerrte als erstes an seinen Fesseln, doch die Nylonschnur ließ sich keinen Millimeter lockern und schnitt nur noch tiefer ins Fleisch. Schließlich gab er auf. Seine Bewegungsfreiheit war besonders durch die große Kopiermaschine eingeschränkt, die fast die Hälfte des Schrankbodens einnahm. Die Schrankwände waren gemauert. Blieb also nur die Tür, die keinen sehr stabilen Eindruck machte. Möglicherweise hätte er sie mit einem kräftigen Stoß mit der Schulter aufbrechen können, aber das brachte ihn auch nicht viel weiter, denn er mußte damit rechnen, daß Olaf oder Berg draußen mit der Waffe Wache hielten.

Als er sich umzudrehen versuchte, stieß er gegen die Kopiermaschine. Hoffnungsvoll begann er das Gerät zu untersuchen. Der Rahmen war aus Metall, und möglicherweise fand er irgendwo eine scharfe Kante, an der er seinen Fesseln zu Leibe rücken konnte.

Gaunt kauerte nieder, drehte sich mit dem Rücken zum Gerät und tastete es mit den Fingern vorsichtig ab. Aber er hatte kein Glück. Seufzend lehnte er sich gegen die Wand, um neue Kraft zu sammeln. Dabei fiel sein Blick auf ein Stück Papier, das zwischen der Schrankwand und einem Fuß der Kopiermaschine klemmte.

Neugierig geworden, rutschte Gaunt näher, fischte das Papier heraus und schob es ein Stück nach vorn, um es besser sehen zu können. Es hatte graue Schlieren und schien eine schlechte Kopie zu sein, die aussortiert, heruntergefallen und vergessen worden war. Als Gaunt jedoch den darauf abgedruckten Text überflog, hatte er plötzlich seine eigenen Probleme vergessen.

Am oberen Rand des Blattes stand ›Operationsplan - Seite 6‹. Darunter folgte ein zum Teil verdruckter Plan der Pariser Innenstadt. Zwei Metrostationen waren dick unterstrichen, und an der Rue de Rivoli war ein Stern eingezeichnet, und jemand hatte daneben ›Hôtel Meurice‹ geschrieben.

Darunter folgten seltsame Aufstellungen, die ein Zeitplan sein konnten, jedoch unleserlich waren.

Paris. Gaunt lehnte sich zurück. Er dachte fieberhaft nach. Die Absolventen von Nordurs Spezialkurs verließen das Camp vorzeitig und flogen nach Brüssel oder Luxemburg. Beide Städte lagen nur wenige Fahrstunden von der französischen Hauptstadt entfernt. Sie waren also gute Ausgangspunkte für Leute, die nicht direkt nach Paris fliegen wollten.

Gaunt dachte wieder an den Artikel, der aus der ersten Seite der Zeitung herausgerissen worden war, und überlegte, welche Meldungen er in den Frühnachrichten gehört hatte. Die Delegierten beim Internationalen Währungsfonds waren auf dem Weg nach Paris, wo ein Gipfeltreffen stattfinden sollte.

Er schloß die Augen und versuchte den Gedanken zu vergessen, der sich praktisch aufdrängte. Doch es paßte alles zu gut zusammen.

Acht Männer unbekannter Herkunft, die in völliger Abgeschlossenheit trainiert worden waren und einen Operationsplan eingetrichtert bekommen hatten. Und die Art und Weise, wie sie reagiert hatten, als eine der Kisten vor dem Alfaburg-Bunker zu Boden gefallen war, ließ praktisch nur einen Schluß zu ...

Harald Nordur mochte zwar völlig legale Trainingskurse für angehende Manager abhalten, aber sein Spezialkurs war die eigentliche Seele des Unternehmens.

Denn die Leute, die da trainiert wurden, hatten ein Ziel.

Und Gaunt glaubte plötzlich zu wissen, warum Jamie Douglas hatte sterben müssen.

Gaunt schlug die Augen auf und sah zu dem kleinen Oberlicht im Schrank hinauf. Die Sonne schien strahlend herein. Bis Harald Nordur von seinem Rundflug nach Alfaburg zurückkam, konnte es längst wieder dunkel sein. Und es konnte noch viel länger dauern, bis sich irgend jemand, vielleicht mit Ausnahme von Chris, Sorgen um den englischen Regierungsbeamten Jonathan Gaunt machte.

Gaunt schob das Stück Papier wieder hinter den Kopierapparat und machte sich seelisch auf eine lange Wartezeit gefaßt.

Die Zeit verging qualvoll und langsam. Jede halbe Stunde wurde der Schrank einmal geöffnet. Dann sah einer der

Wachposten hinein, während der zweite im Hintergrund mit der Waffe in der Hand wartete. Langsam wurde das Stückchen Himmel, das Gaunt durch das Schrankoberlicht sehen konnte, grau und düster.

Dann hörte er Stimmen, und die Schranktür wurde erneut wieder einmal aufgeschlossen.

»Raus!« befahl Pete Close barsch und richtete die Luger auf Gaunt. Er sah blaß und erregt aus, als er wartete, bis Gaunt aus dem Schrank gekrochen war. Im Zimmer brannte bereits das Licht, und die Vorhänge waren zugezogen.

Neben dem Schreibtisch stand Harald Nordur. Der Mann namens Olaf lehnte schräg hinter ihm an der Wand. Nordur kam auf Gaunt zu, musterte ihn mit unbeweglicher Miene und schlug Gaunt dann plötzlich mit der flachen Hand ins Gesicht.

»Hatten Sie einen angenehmen Flug?« erkundigte sich Gaunt bitter und leckte sich das Blut von der Lippe. Nordur sah ihn kalt an. »Schade, daß Sie unterwegs nicht verreckt sind.«

Einen Moment lang glaubte Gaunt, Nordur würde erneut zuschlagen, doch statt dessen trat der Schwede einen Schritt zurück, zog ein Zigarillo aus der Tasche und warf Close einen scharfen Blick zu. Close gab ihm hastig Feuer.

»Ich habe in Alfaburg noch ein bißchen mehr über Sie erfahren, *Herra* Gaunt«, begann Nordur gefährlich leise. »Einer der Neuankömmlinge hat erwähnt, daß er Sie kennt. Sie sind demnach britischer Offizier gewesen und arbeiten jetzt für eine Regierungsstelle.« Er zog stirnrunzelnd an seinem Zigarillo. »Mir ist schon gestern nacht klar geworden, daß wir mit Ihnen kurzen Prozeß machen müssen, bevor Sie uns gefährlich werden können. Jetzt habe ich leider nicht mehr genug Zeit, herauszufinden, warum Sie wirklich nach Island gekommen sind. Vielleicht können Sie froh darüber sein.«

Gaunt zuckte die Achseln. »Sie würden auch nicht mehr als das erfahren, was Sie längst wissen.«

»Möglich.« Nordur schien das alles nicht mehr zu interessieren. »Jedenfalls hatten Sie ganz am Anfang die Chance, sich aus der Sache rauszuhalten.«

»Ah, ja, der Schneemann.« Gaunt spielte sein Spiel. »Was, zum Teufel, haben Sie eigentlich vor, Nordur? Sie wollen doch etwas, das Jamie Douglas gehabt hat, oder? Deshalb haben Sie sogar Menschen umbringen lassen. Aber Sie haben's trotzdem nicht gekriegt. Was ist es, Nordur. Was geht in Ihrem Camp vor?«

Nordur musterte Gaunt eine Weile schweigend und gab Olaf dann ein Zeichen, den Raum zu verlassen.

»Ich bin in Alfaburg gewesen, als Douglas starb«, sagte er leise, nachdem Olaf verschwunden war.

»Wirklich?« entgegnete Gaunt. »Die Firma Arkival besitzt schließlich nicht die einzigen Sportflugzeuge in Island.«

»Stimmt.« Nordur lächelte flüchtig. »Und es gibt auch noch andere Piloten und Fluggesellschaften.« Er ignorierte Close, der Anstalten machte, zu protestieren. »Sie haben recht, *Herra* Gaunt. Ihr Landsmann hatte etwas, das mir gehörte . . . etwas, das ich verloren hatte. Er hat's gefunden und zufällig sogar noch ein bißchen mehr als Sie herausbekommen, *Herra* Gaunt. Leider dachte er, er könne Profit aus seinem Wissen schlagen.«

»Erpressung?«

»Richtig.« Nordur zog wieder an seinem Zigarillo. »Erpressung per Funk . . . weil er dachte, ich sei in Alfaburg . . . weil er mich unterschätzt hat.« Er zuckte mit den Schultern. »Als er in jener Nacht versuchte, das Funkgerät einzuschalten, wollte er meine Antwort haben. Er . . . hm

. . . er hat sie bekommen.«

Gaunt sah zu Close.

»Ich war's nicht.« Close schüttelte hastig den Kopf. »Ich hab' ihm die Büroschlüssel gegeben, das war alles.«

Gaunt blickte wieder Nordur an. »Sie haben sich also an der Antenne zu schaffen gemacht, bevor Douglas ins Büro kam, und haben beobachtet, wie er versucht hat, den Sender einzuschalten . . .« Gaunt schüttelte den Kopf. »Verdammt schlau.«

»Tja, und dann mußte ich nur noch einen Schalter bedienen.« Nordur kaute auf der Unterlippe. »Später haben wir die Szene dann etwas verändert ... oder besser, Bjargson hat das gemacht. Ich hatte daran gar nicht gedacht.« Seine Miene wurde hart. »Sie haben noch eine Chance, Gaunt. Douglas hatte ein Schmuckstück von mir, an dem mir viel liegt. Wissen Sie, wo es ist, oder wer es jetzt hat?«

Gaunt schüttelte den Kopf.

Nordur sah sich um, als die Tür aufging und Berg hereinkam.

»Alles in Ordnung?« fragte Close ängstlich.

Der Mann nickte und verschwand wieder.

»Das wär's dann.« Close lächelte unsicher. »Sein Wagen ist fort. Ich ...«

»Daran hätten Sie schon vor Stunden denken müssen!« wies Nordur ihn barsch zurecht. »Der Rest ist einfach«, wandte er sich dann verächtlich an Gaunt. »Hier kümmert es kaum jemanden, wenn Sie plötzlich verschwinden. Sie können uns sogar lebend vielleicht noch eine Weile nützlich sein.«

Gaunts Magen krampfte sich zusammmen, denn er wußte, was Nordurs Worte bedeuteten. Aber bevor er antworten konnte, klingelte das Telefon auf Nordurs Schreibtisch. Nordur hob ab, hörte dem Anrufer eine

Weile zu, dankte und legte wieder auf. Doch Gaunt hatte den Vorgang kaum beachtet. Sein Blick war auf einen kleinen silbernen Gegenstand gefallen, der neben Nordur auf dem Fußboden lag. Es war die abgebrochene Klingenspitze des Brieföffners.

»Bjargson meint, es sei soweit«, sagte Nordur zu Close. »Wissen diese beiden Muskelpakete, was sie zu tun haben?«

Close war leichenblaß geworden, doch er nickte.

»Dann holt sie euch!« befahl Nordur. »Und sperrt Gaunt wieder in seinen Käfig!«

Close rief nach Olaf und Berg. Als die beiden Männer auf ihn zukamen, nutzte Gaunt seine Chance. Er tat so, als wollte er Berg aus dem Weg gehen, ließ es zu, daß Olaf ihn beinahe zu fassen bekam, rang kurz mit Berg, fiel krachend zu Boden und rollte zur Seite.

Die beiden Männer waren sofort über ihm. Gaunt mußte einen Tritt in die Rippen in Kauf nehmen, tat, als gäbe er sich geschlagen und ließ sich widerstandslos auf die Beine stellen. Aber hinter dem Rücken hielt er die Spitze des Brieföffners fest in der rechten Hand.

»Das war dumm von Ihnen«, bemerkte Nordur ärgerlich. »Gaunt, Sie und Ihre Freunde von der Firma Arkival Air haben mir bisher nur Ärger gemacht. Ich bin gezwungen, hier meine Zelte abzubrechen.« Sein Mund wurde schmal, als er auf Olaf und Berg deutete. »Sie bleiben zwar am Leben, Mr. Gaunt, aber diese beiden haben ihre genauen Anweisungen. Wenn Sie Schwierigkeiten machen sollten, schießen sie ... und zwar in die Kniescheibe. Das ist eine besonders schmerzhafte Verletzung, und Sie können nie wieder gehen. Ist das klar?«

Gaunt nickte.

»Gut.« Nordurs Augen glitzerten wie Eis hinter den Brillengläsern. »Wir bringen Sie heute nacht noch von hier fort. Wenn alles gutgeht, sehen wir uns in einigen Tagen wieder. Vielleicht lasse ich Sie dann töten, vielleicht auch nicht.« Er wandte sich an Close. »Wissen die beiden, daß Sie erst heute nacht zurückkommen?«

»Ja«, versicherte Close ihm hastig.

»Dann gehen wir jetzt«, erklärte Nordur.

»Bjargson konnte noch nicht sagen, wieviel Zeit uns noch bleibt.«

Nordur verließ, gefolgt von Close, das Büro. Als die Eingangstür laut ins Schloß fiel, packten Olaf und Berg Gaunt noch fester. Sie stießen ihn wieder in den Einbauschrank. Gaunt sackte gegen die Kopiermaschine. Dann schnappte das Schloß der Tür zu.

Draußen war es wieder dunkel geworden, und durch das Oberlicht war nur ein graues, vom Mond spärlich erleuchtetes Stückchen des Himmels zu sehen. Gaunt kauerte sich auf dem Schrankboden nieder. Ohne die Schmerzen in den Rippen und im Rücken zu beachten, begann er vorsichtig die Fesseln an seinen Handgelenken mit der Spitze des Brieföffners zu bearbeiten.

Es war ein langsames und mühsames Unterfangen. Ab und zu fiel ihm das kleine Stahlstück aus der Hand, und es dauerte jedesmal eine Weile, bis er es in dem stockdunklen Schrank wieder gefunden hatte. Doch während er sich mit den Fesseln abmühte, wanderten Gaunts Gedanken immer wieder zu Nordur und dem Telefonanruf von Bjargson, der offensichtlich so wichtig gewesen war.

Die Nylonschnur war stark. Es dauerte fast eine Stunde, bis Gaunt soviel Schnur durchgeschnitten hatte, daß er die Fesseln sprengen konnte.

Gaunt machte sich hastig frei und begann sich die Gelenke zu massieren, um die Blutzirkulation wieder in Gang zu bringen. Den nächsten Schritt hatte er sich bereits reiflich überlegt. Dazu mußte er allerdings warten, bis die Tür wieder geöffnet wurde. Dann war alles reine Glückssache.

Aber es war die einzige Chance, die er hatte.

Gaunt wartete aufrecht im Schrank stehend und rekapitulierte im Geist immer wieder, was er tun mußte. Gelegentlich drang Stimmengemurmel zu ihm herein. Die Minuten verstrichen wie Stunden. Dann hörte er erneut gedämpfte Stimmen. Eine Fußbodenbohle knackte direkt vor dem Schrank, und der Schlüssel drehte sich im Schloß.

Gaunt warf sich mit der rechten Schulter zuerst mit aller Kraft gegen die Schranktür. Die Tür flog mit einem lauten Schlag auf. Gaunt hörte einen Schmerzensschrei, als das Holz auf Fleisch und Knochen traf, und sprang geduckt hinaus. Der Mann, den die Tür erwischt hatte, taumelte einen Schritt zurück. Der Revolver, den er in der Hand gehalten hatte, war zu Boden gefallen.

»*Nei!*« schrie eine bekannte Stimme erschrocken, als Gaunt blitzschnell die Waffe aufhob und herumwirbelte, um abzudrücken. »*Nei, Herra* Gaunt!«

Gaunt starrte den vermeintlichen Angreifer ungläubig an und ließ die Waffe sinken. Der Mann, den er mit der Schranktür zu Boden geworfen hatte, trug Polizeiuniform. Olaf und Berg standen mit erhobenen Händen, von zwei weiteren Polizeibeamten bewacht, an der Wand, und Inspektor Gudnason tauchte grinsend hinter Nordurs Schreibtisch auf.

»Wie, zum Teufel, kommen Sie denn hierher?« erkundigte sich Gaunt grenzenlos erleichtert.

»Reine Neugier hat mich hergetrieben«, antwortete Gudnason. Sein Blick schweifte zu dem verletzten Polizisten. Der Mann blutete aus der Nase und hielt sich die schmerzenden Rippen. Gudnason schnitt eine Grimasse. »Hätten wir zuerst anklopfen sollen?«

»Es tut mir wirklich leid«, murmelte Gaunt und half dem verletzten Polizisten in einen Sessel.

Gudnason bot Gaunt eine Zigarette an, während Olaf und Berg in Handschellen abgeführt wurden. Dann ging der Inspektor zum Einbauschrank hinüber und starrte nachdenklich hinein. »War das nur eine vorübergehende Unterkunft?«

»Ja. Sie wollten mich später fortbringen.« Gaunt lehnte sich gegen den Schreibtisch. Erst langsam wurde ihm klar, daß das alles kein Traum war. »Woher haben Sie gewußt, daß ich hier festgehalten werde?«

»Zuerst hatten wir keine Ahnung.« Gudnason gab seinem verletzten Beamten ein sauberes weißes Taschentuch. »Ich habe Sie gesucht ... sogar dringend gesucht. Und als ich Sie weder bei der Firma Arkival noch in Ihrem Hotel oder bei der Botschaft erreichen konnte, habe ich mir Sorgen gemacht.«

»Und daraufhin sind Sie hierhergekommen?« fragte Gaunt verblüfft.

»Ja. *Fru* Bennets Wagen hat mich auf Ihre Spur gebracht«, erklärte Gudnason. »Unsere Kollegen von der Verkehrspolizei beobachten mißtrauisch jeden Wagen, der länger als zwei Stunden hier in dieser Gegend parkt. Eine Streife hat die Nummer des Fords aufgeschrieben und dann beobachtet, wie ihn jemand fortgefahren hat, der ganz und gar nicht wie *Fru* Bennet ausgesehen hat. Leider hat der Kollege erst bei Dienstschluß Meldung gemacht.« Er kratzte sich hinter dem Ohr. »Daraufhin ist mir ein ganz vager Verdacht gekommen. Und bei unserer Ankunft ist uns dann gleich Berg in die Arme gelaufen. Er ist ein alter Bekannter. Und wo Berg ist, kann auch Olaf nie weit sein.«

»Warum bin ich für Sie denn plötzlich so wichtig geworden?« wollte Gaunt wissen.

»Sie meinen, warum ich Sie gesucht habe?« Der Inspektor zuckte mit den Schultern. »Eigentlich wollte ich Ihnen unter anderem sagen, daß wir Nordurs Büro durchsuchen würden. Ich hatte bereits einen richterlichen Durchsuchungsbefehl. Aber erzählen Sie zuerst mal Ihre Geschichte. Das spart vielleicht Zeit.«

»Ich wollte mich hier auch ein bißchen umsehen«, erwiderte Gaunt. »Allerdings unerlaubterweise ... Aber Nordur hat mich in die Falle gelockt.«

Er berichtete in groben Zügen, was geschehen war und was er entdeckt hatte.

»Wo ist dieser Stadtplan?« fragte Gudnason ihn, als er geendet hatte.

»Noch im Schrank. Die Zeitung steckt im Papierkorb.«

Gaunt fuhr sich mit der Hand über die Stirn. »Ich weiß, es ist eine ganz vage, verrückte Vermutung, aber ...«

»Für so verrückt halte ich die Theorie gar nicht, *Herra* Gaunt«, sagte Gudnason, schob die Hand in die Tasche und zog den kleinen goldenen Anhänger mit dem Fingerabdruck heraus. »Das hier ist der Grund, warum ich Ihnen glaube.«

»Wissen Sie, woher er stammt?«

»Ja, von einem Juweliergeschäft in New York«, antwortet Gudnason. »Sie haben den Anhänger vor eineinhalb Jahren für eine gewisse Miss Sarah Jones angefertigt. Es war ihr Fingerabdruck, den Sie hier sehen.« Er fuhr sich mit der Zunge über die Lippen. »Gleichzeitig habe ich, einer spontanen Eingebung folgend, den Fingerabdruck von unserer Kartei überprüfen lassen und eine entsprechende Anfrage an Interpol gegeben.«

»Und Sie hatten Glück?« Gaunt blickte ihn gespannt an.

»Ja. Interpol hatte den Fingerabdruck in der Kartei«, erklärte Gudnason. »Sarah Jones ist Sarah Haldoff, eine

Deutsch-Schweizerin, gewesen, die bis vor ungefähr einem Jahr als Mitglied der Roten Brigaden auf der Fahndungsliste gestanden hat. Sie starb, als sie mit einigen Komplicen versucht hat, eine El-Al-Maschine auf dem Flugplatz von Rom zu entführen.«

Der verletzte Polizist rappelte sich auf und ging zu seinen Kollegen, die draußen im Korridor warteten.

»Aber jetzt müssen Sie erst mal versuchen, zu beweisen, daß Nordur mit dieser Sarah Haldoff was zu tun hatte«, entgegnete Gaunt.

»Wir sind schon dabei.« Gudnason sah sich mit düsterer Miene im Zimmer um. »Terroristen und diese IWF-Konferenz. Das hat mir gerade noch gefehlt. Ihr verdammten Engländer macht uns doch nichts als Ärger.«

»Ich bin Schotte«, erinnerte Gaunt den Inspektor.

»Die sind noch schlimmer«, schimpfte Gudnason. »Die spielen verdammt schlecht Fußball und fischen sogar im trüben. Sie haben keine Ahnung, wo sich Nordur mit Bjargson treffen wollte?«

»Nein. Ich weiß nur, daß Close noch heute nacht hierher zurückkehren wird.« Gaunt verstummte abrupt. Plötzlich war ihm ein äußerst unangenehmer Gedanke gekommen. »Vielleicht sollten wir mal nachsehen, ob bei Ragnarson und seiner Frau alles in Ordnung ist.«

»Sie haben recht.« Gudnason schien Gaunts düsteren Gedanken erraten zu haben. »Wir wollen keine Zeit verlieren. Anna Jorgensdottir ist eine alte Flamme von mir.«

Ein Streifenwagen der Polizei mit einem Sergeant am Steuer raste mit Gudnason und Gaunt durch den Feierabendverkehr von Reykjavik. Sie sprachen kaum ein Wort.

Als sie kurz nach fünf Uhr abends den Flugplatz erreichten, lag das Bürogebäude der Arkival Air dunkel und verschlossen da. Gundnason ließ die Sirene bereits einen Block vor dem Haus der Ragnarsons abschalten. Als sie vor dem Gartentor anhielten, bemerkten sie erleichtert, daß hinter einem der Fenster Licht brannte. Sie gingen den Gartenweg entlang zur Haustür, und Gaunt drückte auf den Klingelknopf.

Es dauerte ungewöhnlich lange, bis sie endlich schleppende Schritte hörten und Ragnarson die Tür öffnete. Er starrte sie zuerst völlig ausdruckslos an. Als er Gudnason erkannte, bildete sich eine tiefe Sorgenfalte über seiner Nasenwurzel. Dann sah er von Gudnason zu Gaunt und wurde leichenblaß.

»Dürfen wir reinkommen, Lief?« fragte Gaunt, der bereits eine böse Vorahnung hatte.

»Ich . . .« Ragnarson starrte Gaunt noch immer fassungslos an. Seine Stimme war heiser und brüchig. ». . . also gut.«

Gudnason und Gaunt betraten, gefolgt von dem Sergeant, Ragnarsons Haus. Der Sergeant blieb an der Tür stehen, während Gudnason und Gaunt mit Ragnarson in die Küche gingen. Dort standen eine halbleere Flasche *brennivin* und ein Glas auf dem Tisch.

»Ragnarson, ich . . .« begann Gudnason und sah sich dann hilfesuchend nach Gaunt um.

»Lief, wo ist Anna?« fragte Gaunt unumwunden.

»Fort.« Ragnarson wich ihren Blicken aus. Im Schein der Küchenlampe wirkte er um Jahre gealtert. »Was wollt ihr?«

»Wo ist Anna?« drängte Gaunt. Als er keine Antwort bekam, versuchte er es erneut: »Lief, ich habe Gudnason alles erzählt. Wir sind hier, um Ihnen zu helfen. Ich habe diese Puppe gesehen . . .«

Ragnarson sank schwer auf einen Stuhl. »Jonathan, sie . . . sie haben mir gesagt, Sie seien tot . . . ich könnte

Sie vergessen.«

»Sie? Wer sind ›sie‹?«

»Harald Nordur und seine Leute.« Ragnarson schlug mit der Faust auf den Tisch. »Er hat Anna ... und Chris.«

»Chris!« Diese Nachricht traf Gaunt wie ein Schlag. »Sind Sie sicher?«

»Ja, ganz sicher.« Ragnarson holte tief Luft. »Nordur hat mich im Büro angerufen. Dann ... dann durfte ich mit Anna sprechen ... oder besser, ich habe für einen Augenblick ihre Stimme gehört, dann hat man ihr den Hörer aus der Hand gerissen.« Seine Hände zitterten. »Sie hat ... geweint, Jonathan ... Diese Schweine!«

Gudnason ging lautlos um den Tisch herum, schenkte ein Glas *brennivin* ein und gab es Ragnarson.

»Trinken Sie das«, sagte er leise. Sein kantiges Gesicht war eine grimmige Maske. »Wissen Sie, wo sie sind?«

»Nei.« Ragnarson schüttelte verzweifelt den Kopf. Plötzlich richtete er sich erschrocken auf. »Wenn die euch gesehen haben ...«

»Das kann ich mir nicht vorstellen«, beruhigte Gudnason ihn und warf Gaunt einen bedeutungsvollen Blick zu. »Die haben jetzt andere Dinge im Kopf. Wir werden alles versuchen, die beiden Frauen unversehrt zu befreien. Aber dazu muß ich wissen, was passiert ist. Welche Anweisungen haben Ihnen die Verbrecher gegeben?«

»Sie haben keine Wahl, Lief«, gab Gaunt zu bedenken. Als sich ihre Blicke trafen, nickte er. »Ich habe die Wikinger-Puppe gesehen. Ich weiß, wozu diese Leute fähig sind. Trotzdem müssen Sie ihm jetzt vertrauen.«

Im Zimmer war es plötzlich unheimlich still.

»Anna und Chris sind im Büro geblieben, bis Nordur mit der Cessna aus Alfaburg zurückgekommen ist«, begann Ragnarson schließlich. »Dann sind sie zusammen mit einem Taxi zu Chris' Apartment gefahren. Chris wollte nur ein paar Sachen packen. Ich hatte sie gebeten, für ein paar Tage zu uns zu ziehen, weil ich es für sicherer hielt, wenn Anna nicht allein ...« Er verstummte.

»Ja, das war eine gute Idee«, stimmte Gaunt ihm zu. »Weiter.«

»Ich bin allein im Büro geblieben. Eine Stunde später hat Nordur dann angerufen.« Ragnarson trank einen Schluck Schnaps. »Es war alles wie ein böser Traum. Nachdem ich ... Anna gehört hatte, hat Nordur mir eingeschärft, allen zu erzählen, daß Jonathan mit einer Touristengruppe für ein paar Tage in den Norden geflogen sei. Außerdem sollte ich irgendwie Annas und Chris' Verschwinden erklären und so tun, als sei alles in Ordnung und gehe seinen normalen Gang. Die Flüge nach Alfaburg müssen planmäßig durchgeführt werden. Das sind Nordurs Bedingungen.«

»Und was ist, wenn Sie das alles befolgen?« fragte Gudnason.

»Dann lassen sie beide Frauen frei«, antwortete Ragnarson. »Natürlich habe ich zu allem ja und amen gesagt. Nordur wollte dann, daß ich nach Hause gehen und auf seinen nächsten Anruf warten solle. Wann er allerdings anrufen würde, hat er nicht verraten.«

»*Takk*«, murmelte Gudnason, sprach kurz leise mit seinem Sergeant und wandte sich dann an Gaunt. »Er bleibt bei Ragnarson, und ich veranlasse, daß meine Leute zu *Fru* Bennets Apartment kommen. Können wir gehen?«

»Warten Sie«, widersprach Gaunt. »Lief, hat Pete Close eine Pilotenlizenz?«

»Ja, aber nur eine Sportfliegerlizenz. Er darf nur einmotorige Maschinen fliegen.« Ragnarson sah Gaunt verwundert an. »Er mietet sich ab und zu ein Flugzeug von einem der Clubs.«

Gudnasons Augen wurden groß.

»Das werden wir überprüfen«, versprach Gaunt.

Der Rest blieb ungesagt.

Mit heulenden Sirenen lenkte Gudnason den Streifenwagen durch die Stadt. Zweimal kam eine Funkmeldung für sie durch, doch Gudnason sah Gaunt jedesmal nur achselzuckend an. Die Polizei warf ihre Netze aus, aber ob sich jemand darin verfangen würde, stand auf einem anderen Blatt.

Vor dem Eingang des Apartmentblocks, in dem sich Chris' Wohnung befand, war alles ruhig, doch an der Tür stand ein Beamter in Zivil, und zwei seiner Kollegen unterhielten sich mit dem Portier in der Halle. Der Portier, ein kleiner, mürrischer Mann, rückte seinen Hauptschlüssel nur ungern heraus und wurde noch ungehaltener, als Gudnason ihn anwies, auf seinem Platz in der Eingangshalle zu bleiben.

»Er hat natürlich nichts gehört und nichts gesehen«, sagte der Inspektor grimmig, als sie mit einem Sergeant im Lift in den fünften Stock hinauffuhren. »Die meisten Mieter sind tagsüber bei der Arbeit . . .« Er fluchte unterdrückt. »Entweder sie sind nicht da oder sie tun so, als seien sie taub. Es ist doch immer dasselbe.«

Die Lifttür ging auf, und sie liefen die wenigen Schritte zur Wohnungstür schweigend nebeneinander her. Gaunt ballte unwillkürlich die Hände zu Fäusten, als Gudnason mit dem Hauptschlüssel die Tür aufschloß. Er registrierte kaum, daß der zweite Kriminalbeamte seinen Revolver gezogen hatte.

Dann stieß Gudnason die Tür auf. Gaunt sah sofort, daß in der Wohnung Licht brannte. Er drängte sich an Gudnason vorbei und blieb stumm und wie gelähmt vor Entsetzen stehen.

Neben einem umgestürzten Stuhl lag eine schmale Gestalt in grauer Bluse und blauen Jeans in einer Blutlache auf dem Schafwollteppich.

»Chris!« Gaunt war mit wenigen Schritten bei ihr und fiel auf die Knie. Einen Augenblick lang starrte er fassungslos auf die beiden Schußwunden in ihrem Rücken. Dann drehte er sie sanft zu sich herum, legte ihren Kopf in seinen Schoß und strich ihr das lange Haar aus dem Gesicht. Sie hatte die Augen geschlossen. Ihre Haut war durchsichtig und weiß, aber er spürte, daß sie noch atmete.

»Mein Gott, rufen Sie doch einen Krankenwagen!« forderte er die beiden Polizeibeamten heiser auf. »Sie lebt noch!«

Während der Kriminalbeamte zum Telefon rannte, kniete Gudnason neben Chris nieder und legte zwei Finger auf ihre Halsschlagader. »Ich bin kein Arzt«, murmelte er. »Aber ich habe schon viele mit ähnlichen Verletzungen gesehen. Ihre Chancen ...« Er zuckte mit den Achseln und stand auf. »Bleiben Sie bei ihr. Ich werde inzwischen alles Nötige veranlassen.«

Kurz darauf kam Gudnason mit seinen Leuten und dem Notarzt zurück, der Chris mit besorgter Miene untersuchte. Zwei Sanitäter legten sie auf eine Bahre und trugen sie hinaus. Gaunt wollte ihnen folgen, doch Gudnason hielt ihn zurück.

»Bleiben Sie!« Gudnason schüttelte mitfühlend den Kopf. »Sie sind jetzt nur im Weg. Wir haben ausgezeichnete Chirurgen. Sie können hier Wichtigeres tun.«

»Und das wäre?« fragte Gaunt rauh.

»Es geht um diesen Close«, entgegnete Gudnason ohne Umschweife. »Er hat heute nachmittag ein Flugzeug gemietet. Beim Start hatte er drei Passagiere in der Maschine ... darunter eine Frau. Er hat behauptet, er wolle

Freunde nach Olafsvik bringen.« Gudnason seufzte. »Dort ist er bis jetzt noch nicht gelandet.«

Es dauerte eine Weile, bis Gaunt langsam begriff.

»Dann kommt er also zurück?«

»Ja, genau in zwanzig Minuten. Dann läuft die Zeit ab, für die er die Maschine gemietet hat.« Gudnason starrte ins Leere. »Ich glaube, ich weiß, warum sie auf *Fru* Bennet geschossen haben. Das Flugzeug, das Close gemietet hat, ist eine Piper Cherokee ... mit nur vier Sitzen. Das Mädchen hätte keinen Platz mehr in der Maschine gehabt.«

Gaunt ballte erneut die Hände zu Fäusten.

»Close ist zu feige, um abzudrücken. Er macht sich eher in die Hose«, sagte er.

»Darauf setze ich meine ganze Hoffnung«, gestand Gudnason. »Ich möchte, daß Sie dabei sind, wenn wir ihn schnappen. Wenn er Sie sieht, wird er eher reden.«

Auf der Straße ertönte die Sirene des Krankenwagens. Gudnason legte Gaunt die Hand auf den Arm. »Wenn es Neuigkeiten aus dem Krankenhaus gibt, werden Sie sie erfahren. Ich stelle Ihnen jederzeit einen Wagen zur Verfügung.«

Das Büro des Sportfliegervereins lag in einer Baracke am anderen Ende des Flughafens von Reykjavik. Ganz in der Nähe standen einige veraltete Hangars, in denen die kleinen Vereine ihre Maschinen untergebracht hatten. Als Gudnason und Gaunt ankamen, parkten bereits mehrere Streifenwagen versteckt hinter den Hallen, und als Mechaniker verkleidete Polizeibeamte warteten im Schatten der Baracken. Gudnason sprach kurz mit dem Fluglehrer des Vereins, der auf Closes Rückkehr wartete, und kam dann zu Gaunt.

»Close muß jeden Moment eintreffen«, berichtete er.

»Er hat sich vor wenigen Minuten beim Kontrollturm gemeldet.«

Es war ein kühler, feuchter Winterabend. Schwere Wolken hatten sich vor den Mond geschoben, und auf dem Flugplatz herrschte eine ungewohnte Ruhe.

Gaunt sah die Piper Cherokee als erster. Zuerst waren es nur die blinkenden Positionslichter, die plötzlich aus den Wolken auftauchten, dann klingelte das Telefon im Büro des Fliegervereins, und der Kontrollturm bestätigte, daß sich die Maschine im Landeanflug befand.

Zusammen mit Gudnason beobachtete Gaunt im Schatten hoher leerer Ölfässer, wie die Maschine aufsetzte, von der Landebahn rollte und vor dem Büro des Fliegervereins anhielt. Dann verstummten die Motoren, und die Propeller blieben stehen.

Zwei Männer sprangen aus der Maschine. Der eine war Close, der andere trug einen dicken Kapuzenanorak und war deshalb nicht zu erkennen. Die beiden kamen langsam auf die Baracke zu. Als sie weit genug von der Piper Cherokee entfernt waren, blies Gudnason in seine kleine Trillerpfeife.

Grelle Scheinwerfer flammten auf und tauchten die beiden Männer und ihre Umgebung in gleißendes Licht.

»Polizei!« rief Gudnason. »Bleiben Sie, wo Sie sind!«

Close gehorchte sofort, aber sein Begleiter ergriff die Flucht, zog noch im Laufen eine Pistole und feuerte auf Gudnasons Leute.

Ein Polizeibeamter ging mit einem Schmerzensschrei zu Boden, und im nächsten Moment ratterte eine Maschinenpistolengarbe durch die Nacht.

Der Mann im Anorak fiel lautlos zu Boden und blieb bewegungslos liegen.

Gudnason und Gaunt liefen sofort zu ihm. Er war tot.

»Schade«, murmelte Gudnason. »Kennen Sie ihn?«

»Das ist Franz Renotti, der Chefausbilder des Alfaburg-Camps«, erwiderte Gaunt und starrte in das leblose, bärtige Gesicht.

»Na, wenigstens haben wir Close«, sagte Gudnason.

Gemeinsam gingen sie zu der Baracke zurück, wo Close von zwei Polizeibeamten festgehalten wurde. Bevor sie die kleine Gruppe erreicht hatten, verstellte Gudnason Gaunt plötzlich den Weg. Er schien Gaunts innere Erregung beim Anblick von Close gespürt zu haben.

»Ich glaube, ich bringe den Burschen allein zum Reden«, begann er. »Das gehört schließlich zu meinem Job.« Er lächelte Gaunt aufmunternd zu. »Keine Nachrichten vom Krankenhaus sind gewöhnlich gute Nachrichten. Der Streifenwagen wartet. Fahren Sie jetzt lieber zu ihr.«

Kapitel 7

Chris Bennet war noch immer bewußtlos, aber ihr Zustand hatte sich nach Ansicht der Ärzte leicht gebessert, als Gaunt im Krankenhaus ankam. Sie lag auf der Intensivstation, und die Röntgenaufnahmen zeigten, daß eine Kugel knapp die Lunge verfehlt, die andere jedoch eine Rippe durchschlagen hatte und jetzt dicht am Herzen steckte.

Gaunt war bei ihr, als das Ärzteteam gegen acht Uhr abends den Entschluß faßte, eine Operation zu riskieren. Drei Stunden später sagten sie ihm, daß sie an massiven inneren Blutungen gestorben sei, die nicht zum Stillstand hätten gebracht werden können.

Er bat darum, sie ein letztes Mal sehen zu dürfen, stand lange neben der Bahre, starrte in das sanfte, von kupferbraunem Haar umrahmte Gesicht, dachte an das kleine

Mädchen Inga, irgendwo auf einem isländischen Bauernhof, das jetzt keine Wochenendbesuche von seiner Mutter mehr bekommen würde, und ließ sich dann widerstandslos von einer Krankenschwester in ein leeres Stationszimmer führen. Dort stellte die Schwester eine Tasse heißen Kaffee vor ihm auf den Tisch und ließ ihn allein.

Zehn Minuten später ging die Tür auf, und Ragnarson kam herein. Gaunt sah überrascht auf.

»Gudnason hat mich angerufen«, sagte er ohne große Umschweife. »Es tut mir leid, Jonathan. Anna und ich ... wir hatten sie auch sehr gern. Ich weiß jetzt auch, warum Anna geweint hat.«

Gaunt fand nur langsam in die Wirklichkeit zurück.

»Ich bin froh, daß Sie gekommen sind«, murmelte er schließlich.

»Das ... das habe ich gehofft.« Ragnarson zuckte mit den Schultern. »Gudnason will uns erst morgen wieder sprechen. Bis dahin kann er offensichtlich nichts unternehmen. Sie sehen müde aus, Jonathan. Kommen Sie heute nacht zu mir. Ich könnte Gesellschaft brauchen ... und Ihnen geht es sicher genauso.«

Gaunt nahm das Angebot dankbar an.

Vor dem Krankenhaus wartete ein Streifenwagen, der Ragnarson und Gaunt nach Hause brachte. Dort holte Ragnarson eine neue Flasche *brennivin* und zwei Gläser aus dem Schrank. Sie setzten sich an den Küchentisch und tranken schweigend, jeder in seine Gedanken vertieft.

Als die Flasche leer war, führte Ragnarson Gaunt ins Gästezimmer.

»Chris hat ein paarmal hier übernachtet«, sagte Ragnarson und blieb auf der Schwelle stehen. »Ihr habt nur eine sehr kurze Zeit zusammen gehabt, Jonathan. Aber vielleicht ist auch das schon viel wert gewesen.«

Damit schloß Ragnarson die Tür. Wie betäubt vor seelischer und körperlicher Erschöpfung zog Gaunt sich aus, legte sich ins Bett und machte das Licht aus.

Aber es dauerte noch lange, bis er endlich Schlaf fand, und noch im Halbschlaf hörte er Ragnarson rastlos im Haus herumirren.

Als er am nächsten Morgen aufwachte, war es halb acht Uhr, und Regen prasselte gegen die Fensterscheiben. Er hörte Ragnarson in der Küche rumoren, und als er ins Badezimmer kam, lagen dort ein frisches Handtuch und ein Rasierapparat für ihn bereit.

Nachdem er sich gewaschen und rasiert hatte, zog er sich an und ging in die Küche. Ragnarson sah zwar aus, als hätte er in seinen Kleidern geschlafen, aber er hatte bereits Kaffee gekocht und briet Eier und Speck in einer Pfanne auf dem Herd.

»Gudnason hat angerufen«, berichtete Ragnarson beim Frühstück. »Er schickt einen Streifenwagen, der uns zum Polizeipräsidium bringen soll. Der Wagen muß bald hier sein.«

Gaunt runzelte die Stirn. »Mehr hat er nicht gesagt?«

Ragnarson schüttelte den Kopf. Kurz darauf holte sie ein Sergeant in dem versprochenen Streifenwagen ab.

Gudnason begrüßte sie in seinem Büro. Er sah ebenfalls aus, als hätte er in seinen Kleidern geschlafen, und war außerdem unrasiert. »Danke, daß Sie gekommen sind.« Und zu Gaunt gewandt, fügte er hinzu: »Das mit Chris Bennet tut mir aufrichtig leid.« Dann räusperte er sich und deutete auf einen Herrn, der bisher ruhig im Hintergrund gewartet hatte. »Das ist Jacob Magnusson vom Büro des Ministerpräsidenten.«

Ragnarsons Miene verdüsterte sich schlagartig. Magnusson begrüßte sie mit einem Kopfnicken, und Gudnason bat alle, Platz zu nehmen.

»Also fangen wir an.« Gudnason sah bedächtig von einem zum anderen. »Wir haben nach langem Verhör Pete Close dazu gebracht, mit uns zusammenzuarbeiten. Er wird als Kronzeuge gegen Nordur auftreten und dafür mildernde Umstände bekommen. Bisher hat er zweimal mit Nordur im Alfaburg-Camp telefoniert. Diese Anrufe waren von Nordur und Close verabredet gewesen.

Close hat Nordur gesagt, daß hier alles in Ordnung sei. Zusätzlich haben wir, was *Fru* Bennets Tod betrifft, eine totale Nachrichtensperre verhängt.« Gudnason sah Ragnarson an. »Lief, Ihre Frau Anna ist in Alfaburg. Es geht ihr den Umständen entsprechend gut. Im Augenblick besteht kaum Gefahr, daß man ihr etwas antun wird.«

»Sind Sie da sicher?« Ragnarson schluckte aufgeregt.

»Close hat uns gesagt, daß Nordur Anna als Geisel benutzen will. Damit ist sie vorerst verhältnismäßig sicher.« Der Inspektor dachte einen Augenblick nach. »Close hatte Anweisung von Nordur, heute morgen wie üblich bei Ihnen zur Arbeit zu erscheinen, Lief. Später sollte Renotti, der Mann, der gestern auf dem Flugplatz erschossen worden ist, Sie anrufen und Sie veranlassen, sich zu einer bestimmten Zeit über Funk beim Alfaburg-Camp zu melden. Das werden Sie selbstverständlich tun. Sie dürfen dann wieder mit Anna reden. Nordur braucht Sie, Lief, um seine Männer pünktlich vom Alfaburg-Camp zu den Flügen nach Europa zu bringen.«

»Und ich nehme an, Sie werden mich davon abhalten, meine Maschinen nach Alfaburg zu schicken, was?« Ragnarson sah Magnusson wütend an.

»Nein.« Magnusson schien schockiert zu sein. »Um Ihre Frau zu retten, werden Sie selbstverständlich alles tun, was Nordur verlangt.«

Ragnarson war sichtlich erleichtert. Von einem Politiker hatte er offensichtlich nichts Gutes erwartet.

»Es ist das beste, Sie verhalten sich vollkommen normal«, fuhr Gudnason dann fort. »Halten Sie Ihre üblichen Bürozeiten ein.« Gudnason stand auf. Als Ragnarson zögerte, fügte er hinzu: »Keine Angst, Sie hören von mir, verlassen Sie sich darauf. Mein Sergeant bringt Sie zum Flughafen. *Herra* Gaunt, bitte bleiben Sie noch einen Augenblick.«

Ragnarson sah mißtrauisch von einem zum anderen. Schließlich ließ er sich dazu überreden, zu gehen. Als sich die Tür hinter Ragnarson geschlossen hatte, atmete Gudnason erleichtert auf.

»Das war schwierig«, murmelte er.

»Schien mir auch so«, bemerkte Gaunt. »Was haben Sie ihm verschwiegen?«

»Daß Nordur Anna Jorgensdottir aus demselben Grund erschießen lassen kann wie Chris Bennet.« Gudnason lehnte sich auf seinem Stuhl zurück. »Nordur macht in Alfaburg dicht. Er will außer Landes gehen. Mit Bjargson, den drei Ausbildern, die noch in Alfaburg sind, und den acht Spezialisten müssen also einschließlich Nordur insgesamt dreizehn Männer ausgeflogen werden. Bei den Arkival-Flügen heute und morgen können zehn Passagiere befördert werden. Und Close hatte den Auftrag, die restlichen drei rauszuholen.«

»Ohne Anna Jorgensdottir?« fragte Gaunt grimmig.

Gudnason nickte.

»Natürlich haben sie vor, sie umzubringen. Sie hat schon zuviel gesehen.« Er trommelte mit den Fingern auf den Tisch. »Ihnen wäre es genauso ergangen. Sie sollten an Bord eines alten Fischkutters gebracht werden. Olaf und Berg haben mit diesem Boot Montag nacht eine Ladung Waffen und Sprengstoff von einem ostdeutschen Kutter übernommen.« Er warf Magnusson einen resignierten Blick zu. »Sie haben das Zeug an Land gebracht, während wir damit beschäftigt waren, Lief Ragnarsons Schmugglerbande zu jagen.«

»Vielleicht interessiert es Sie noch, daß wir inzwischen herausgefunden haben, daß diese Sarah Haldoff, die Besitzerin des Anhängers, unter dem Namen Sarah Jones in Island gewesen ist und einen dreiwöchigen Kurs in Alfaburg absolviert hat«, warf Magnusson ein und strich mit den Fingern über sein schmales Oberlippenbärtchen.

»Wann ist das gewesen?«

»Einige Wochen vor ihrem Tod auf dem Flugplatz in Rom«, antwortete der Regierungsbeamte.

»Wenn sie Nordur den Anhänger gegeben hat, dann muß etwas zwischen den beiden gewesen sein«, meinte Gudnason.

»Aber das spielt doch jetzt keine Rolle mehr«, sagte Magnusson. »Es zeigt höchstens, womit wir es zu tun haben. Auch wir in Island wußten, daß man längst vermutete, daß die wichtigsten europäischen Terroristengruppen irgendwo ein zentrales Trainingslager eingerichtet haben. Und jetzt fanden wir es ausgerechnet hier auf unserer Insel.«

Gaunt nickte bedächtig. Voller Zorn fragte er sich, wie viele Terroranschläge in Alfaburg wohl geplant und vorbereitet worden waren.

»Und diesmal ist Paris das Ziel?« fragte er.

»Ja«, antwortete Gudnason. »Auf dieser Fotokopie, die Sie gefunden haben, ist das Hôtel Meurice mit einem Stern gekennzeichnet. Wir haben von Interpol die Information bekommen, daß die drei Delegationschefs der wichtigsten Mitgliedsländer des Internationalen Währungsfonds während der Konferenz dort wohnen werden.«

Im Raum war es plötzlich sehr still. Jeder war in seine eigenen Gedanken vertieft. Das aus acht Männern bestehende Team von Alfaburg hätte Chaos, Tod und Verderben nach Paris bringen können.

Aber dem war jetzt ein Riegel vorgeschoben.

Trotzdem war jede Aktion der Polizei untrennbar mit dem Leben von Anna Jorgensdottir verbunden.

»Und was geschieht nun?« erkundigte sich Gaunt schließlich.

Magnusson warf Gudnason einen bedeutungsvollen Blick zu und strich sich seinen Schnurrbart glatt. »Gudnason und ich sind nach reiflicher Überlegung auf eine Idee gekommen«, begann er dann. »Wir können es wegen Anna Jorgensdottir nicht riskieren, mit einer Aktion zu warten, bis Nordur und seine Männer Reykjavik erreicht haben. Unsere einzige Chance ist es, das Lager in Alfaburg im Handstreich zu nehmen und Anna Jorgensdottir zu befreien. Eine großangelegte Militäraktion kommt wegen internationaler Verwicklungen nicht in Frage. Hubschrauber können wir nicht einsetzen, weil sie zu laut sind, und Fallschirmspringer ... Die Amerikaner sind zwar informiert und wollen uns helfen, aber die letzte Fallschirmjägereinheit wurde im vergangenen Jahr aus Keflavik abgezogen ...«

»Und was ist Ihr Alternativvorschlag?« fragte Gaunt in die plötzlich entstandene Stille hinein.

»Die einzige Alternative, die wir haben, könnte allein von Ihnen abhängen«, sagte Magnusson leise. »*Herra* Gaunt, auf Grund der prekären Umstände habe ich Erkundigungen über Sie eingezogen. Ich habe die Erlaubnis Ihrer Regierung, Sie um Ihre Hilfe zu bitten. Außerdem habe ich mit einem Mann namens Falconer telefoniert, der Sie offenbar gut kennt.« Magnusson lächelte flüchtig. »Sie besitzen einige sehr ungewöhnliche Qualifikationen für einen Regierungsbeamten. Sie sind Fallschirmjäger gewesen ... vor allem kennen Sie das Alfaburg-Camp.«

»Sie verlangen von mir, daß ich über Alfaburg abspringe?« Gaunts Magen krampfte sich zusammen, und er fröstelte plötzlich.

»Würden Sie es denn tun?« erkundigte sich Magnusson.

Der altbekannte Alptraum vom rasenden Absturz mit dem nur halb geöffneten Fallschirm und dem erstickten Schrei hatte Gaunt wieder eingeholt. Gaunt schluckte hart. Dann sah er wieder Chris Bennet vor sich, wie sie in einer Blutlache auf dem Teppich gelegen hatte.

»Ja«, antwortete er entschlossen.

»Danke«, erwiderte Magnusson kopfschüttelnd, »aber das werden wir nicht von Ihnen verlangen.« Er lächelte beinahe herzlich. Gudnason schien sichtlich erleichtert. »Sie sind wegen Invalidität aus der Armee ausgeschieden. Ich kenne Ihre Geschichte. Was ich plane, ist möglicherweise ebenso gefährlich, aber ein Fallschirmabsprung ist dabei nicht vorgesehen.«

Gaunt war außerordentlich erleichtert. »Und wie stellen Sie sich die Sache dann vor?«

»Das Wichtigste ist der Überraschungsmoment.« Magnusson stand auf und ging im Zimmer auf und ab. »Es gibt noch eine Möglichkeit, Sie nach Alfaburg zu schaffen, und zwar mit dem Arkival-Flug heute nachmittag.« Magnusson sah Gaunt an. »Wenn diese Maschine landet, ist es bereits stockdunkel. Gibt es einen Leuchtpfad in Alfaburg?«

Gaunt nickte.

»Gut. Die Maschine landet also, fährt bis zum Ende des Leuchtpfades, dreht um und rollt zum Camp zurück«, erklärte Magnusson. »Ich möchte, daß die Cessna nach Alfaburg fliegt und fünf von Nordurs Leuten nach Reykjavik bringt. Aber wenn der Pilot damit einverstanden ist, dann wird er bereits zwei Passagiere mit nach Alfaburg nehmen. Sie werden aus dem Flugzeug springen müssen, sobald dieses das Ende des Leuchtpfades erreicht hat.«

Gaunt drückte stirnrunzelnd seine Zigarette im Aschenbecher aus und dachte darüber nach, was Magnusson gerade gesagt hatte. So wie er Alfaburg und seine Rollbahn kannte, war Magnussons Plan durchführbar. Zu zweit hatte man eine gute Chance, unbemerkt aus der Maschine zu kommen, aber für mehr Personen war die Zeit zu kurz.

»Wer fliegt die Cessna?« erkundigte er sich knapp. »Und wer wird mich begleiten?«

»Mattison ist der Pilot«, antwortete Gudnason. Als er Gaunts überraschten Gesichtsausdruck sah, fuhr er fort: »Mattison ist vielleicht nicht besonders intelligent, aber er hat Mut und ist zuverlässig. Außerdem hat Nordur sich Mattison als Piloten ausbedungen. Und Jarl Hansen haben wir eine andere Aufgabe zugedacht. Er leitet die zweite Phase ein.« Gudnason rieb sich das Kinn. »Und ... und der Idiot, der Sie begleiten wird, bin ich. Oder haben Sie was dagegen?«

»Da sich außer Ihnen wohl kaum jemand um diesen Job reißen wird, werde ich mich an den Gedanken gewöhnen müssen«, entgegnete Gaunt grinsend. »Was passiert bei Phase zwei?«

»Hansen fliegt mit der anderen Cessna eine Gruppe von Gudnasons besten Männern nach Alfaburg«, antwortete Magnusson. »Zehn, höchstens fünfzehn Minuten nachdem Mattison mit seinen Passagieren von Alfaburg wieder gestartet ist ...«

»Immer vorausgesetzt, daß er wirklich starten kann«, warf Gudnason ein.

»Ja, natürlich«, pflichtete Magnusson bei. »Also, Hansen wartet auf ein Zeichen von Ihnen. Dann fliegt er Alfaburg an, als sei er Mattison mit der anderen Cessna und hätte Probleme mit dem Motor, und landet.« Er sah Gaunt an. »Wenn er das Zeichen nicht erhält, bleibt er auf Distanz. Verstanden?«

Gaunt nickte.

»Gut.« Magnusson sah auf die Uhr. »Jetzt muß ich dem Pemierminister Bericht erstatten.« Er ging zur Tür, blieb stehen und sah sich um. »Ich will offen sein, *Herra* Gaunt. Falls die Sache gutgeht, sind Sie offiziell nie daran beteiligt gewesen. Aber wir sind Ihnen natürlich für Ihre Mitwirkung sehr dankbar.«

Als sich die Tür hinter Magnusson geschlossen hatte, schnaubte Gudnason verächtlich.

»Also, fangen wir endlich mit der Arbeit an«, schlug er vor. »Später können Sie mir dann zeigen, wie man am besten aus dem Flugzeug fällt.«

»Da gibt's nur eine Regel«, antwortete Gaunt trocken. »Man sollte sich zuerst vergewissern, daß die Maschine auf dem Boden und nicht mehr in der Luft ist.«

In den folgenden Stunden bereitete ein bunt zusammengewürfeltes Team den Schlag gegen Alfaburg sorgfältig vor.

Einige des Teams, wie zum Beispiel die Meteorologen, baten um einen detaillierten Wetterbericht für das Alfaburg-Gebiet, ohne zu wissen, was eigentlich dahintersteckte.

Um zwölf Uhr mittags startete in Keflavik ein hochmodernes amerikanisches Aufklärungsflugzeug, kreiste in großer Höhe über Alfaburg, machte Luftaufnahmen und kehrte an seinen Ausgangspunkt zurück.

Bereits eine Stunde später hatte ein Hubschrauber die Aufnahmeserie nach Reykjavik ins Polizeipräsidium gebracht, wo ein blasser Pete Close in Handschellen wartete, bis Gaunt und Gudnason die stark vergrößerten Luftaufnahmen auf einem Tisch ausgebreitet hatten.

»Gut so?« fragte Gudnason.

Gaunt nickte. Das Camp war auf den Fotos in allen Einzelheiten deutlich zu erkennen.

»Okay«, wandte Gudnason sich an Close. »Zeigen Sie uns, wo Anna Jorgensdottir gefangengehalten wird.«

Close trat zögernd einen Schritt näher und deutete auf eine kleine Baracke hinter dem Betonbunker.

»Dort ... wenigstens ist sie vergangene Nacht dort gewesen.« Er fuhr sich mit der Zunge über die Lippen. »Hören Sie, ich wollte nicht, daß ihr was passiert«, setzte er mit einem Seitenblick auf Gaunt hinzu und verstummte, als er die Verachtung in seinen Augen sah.

Gudnason und Gaunt forschten Close noch eine weitere Viertelstunde über die Lage und den Verwendungszweck der einzelnen Lagergebäude aus, dann ließ Gudnason den englischen Mechaniker wieder abführen.

»Na, wenigstens wissen wir jetzt ungefähr, worauf wir uns einlassen«, seufzte der Inspektor, als Close gegangen war.

Gaunt starrte auf eine andere Aufnahmeserie, die eine Gruppe harmloser Schüler in Nordurs Kursen für Industriemanager auf einem Schneefeld unterhalb des Hofsjokull zeigte. Er zählte die kleinen schwarzen Punkte sorgfältig. Es waren insgesamt zwölf, also alle zehn Schüler und zwei Ausbilder.

»Sie ... Sie kennen doch einen von ihnen, nicht wahr?« erkundigte sich Gudnason.

»Ja«, murmelte Gaunt und schob die Aufnahme stirnrunzelnd beiseite. Was auch geschah, die Schülergruppe würde nicht in die Sache verwickelt werden.

»Es ist Zeit«, sagte Gudnason. »Machen wir uns langsam fertig. Ich glaube, Lief Ragnarson braucht jetzt unsere moralische Unterstützung.«

Sie erreichten das Büro der Arkival Air auf dem Flugplatz genau zehn Minuten bevor der Funkkontakt mit dem Alfaburg-Camp wie verabredet hergestellt werden sollte. Als sie hineinkamen, trafen sie dort außer Ragnarson auch Jarl Hansen und Mattison an, die Piloten. Beide wußten, was sie zu tun hatten, und hatten ihre Aufgabe stillschweigend akzeptiert.

Der Anruf per Funktelefon sollte genau um zwei Uhr stattfinden. Alle verstummten, als der Zeiger der Uhr auf die volle Stunde rückte, und Ragnarson setzte sich mit einem tiefen Seufzer ans Funkgerät. Im ersten Moment ertönte nur ein leises Zischen, dann war Harald Nordurs Stimme deutlich zu hören.

Sie unterhielten sich kurz auf Isländisch, anschließend ertönte Annas Stimme. Es folgte ein knapper Dialog. Dann übernahm Harald Nordur am anderen Ende sofort wieder das Mikrofon, während Ragnarson bleich und angestrengt zuhörte. Dann war das Gespräch zu Ende.

»Es hat sich nichts geändert«, seufzte Gudnason erleichtert. »Die erste Maschine wird gegen vier Uhr in Alfaburg erwartet. Da ist es stockdunkel.« Die Unterhaltung wurde ruhig und in höflichem Ton geführt . . . Eine Vorsichtsmaßnahme für den Fall, daß sich jemand ungebetenerweise per Funk einschalten sollte. »Das haben Sie gut gemacht, Lief. Und Anna geht es zum Glück gut.«

»Ja.« Ragnarson hob langsam den Kopf und sah Gaunt an.

Gaunt nickte ihm aufmunternd zu.

Als die Zeit zum Aufbruch näherrückte, kamen die von Gudnason sorgfältig ausgewählten Polizeibeamten, die in der zweiten Cessna folgen sollten, und es wurde ein Koffer mit Ausrüstung gebracht, die Gaunt angefordert hatte.

Schließlich traf Magnusson in einem schwarzen, eleganten Dienstwagen ein und kam in die Halle, wo die beiden Cessnas startbereit warteten.

Gaunt und Gudnason trugen beide weiße Overalls, fellgefütterte, knöchelhohe Stiefel und Skimasken aus Wolle, die nur Augen und Mund freiließen. Jeder hatte einen Revolver und ein Kampfmesser in einem Futteral am Gürtel. Gaunt umwickelte mit Klebeband noch eine doppelläufige Flinte, von deren Lauf und Kolben je ein großes Stück abgesägt worden war, so daß sie handlicher und noch wirkungsvoller war.

»Sind Sie fertig?« erkundigte sich Magnusson.

Gudnason nickte und griff nach der Proviantasche, die ein kleines Funkgerät enthielt, während Gaunt die Flinte samt Munition an sich nahm.

»Viel Glück«, wünschte Magnusson und trat zurück.

Ragnarson erschien mit dem Piloten. Mattison stieg ins Cockpit, ließ die Motoren an, und als sich die Propeller zu drehen begannen, wandte Ragnarson sich an Gudnason und Gaunt. Seine Worten gingen aber im Motorengeheul der Cessna unter.

Gudnason und Gaunt stiegen ein. Letzterer schloß hinter sich die Kabinentür und klopfte Mattison auf die Schulter. Der Pilot nickte, gab Gas und fuhr die Maschine aus der Halle. Jarl Hansen winkte ihnen aus der zweiten Cessna zu, in der bereits die fünf schwerbewaffneten Männer aus Gudnasons Sondereinheit saßen.

Zehn Minuten später war die Maschine in der Luft, und Mattison lehnte sich entspannt zurück.

Der Flug verlief ruhig. Ein Loch in der Wolkendecke gab den Blick auf den im Mondschein glitzernden Langjokull-Gletscher frei. Ein gelegentliches Beben und Rütteln der Maschine war auf Mattisons wenig gefühlvolle Flugtechnik zurückzuführen, aber weder Gudnason noch Gaunt waren in der Stimmung, sich darüber zu beklagen.

Bis zum Hofsjokull gab es dann wieder eine geschlossene Wolkendecke, die sich hinter dem Gletscher etwas lichtete. Mattison warf schließlich einen Blick auf seine Instrumente und drehte sich dann um.

»Wir sind gleich da«, meldete er.

Gudnason nickte. »Sie wissen ja, was Sie zu tun haben.«

Mattison rief über Funk das Alfaburg-Camp. Als er die Antwort bekommen hatte, zwinkerte er seinen Passagieren kurz zu und ging mit der Cessna langsam tiefer. Wenige Minuten später schaltete er erneut das Funkgerät ein, wartete auf die Bestätigung und bat dann Alfaburg, den Leuchtpfad einzuschalten. Mitten im Satz knipste Mattison jedoch absichtlich das Funkgerät aus, nahm die Kopfhörer ab und zog einen Schraubenzieher hervor. Die Stimme aus Alfaburg rief immer drängender nach einer Antwort der Cessna, doch Mattison achtete nicht darauf. Er schraubte eine kleine Klappe im Armaturenbrett auf und unterbrach mit dem Schraubenzieher einen Kontakt. Irgendwo im hinteren Teil der Maschine gab es einen Knall und ein Zischen, und die Stimme aus Alfaburg verstummte abrupt.

»Mein Funkgerät ist defekt«, erklärte Mattison seelenruhig und schraubte die Klappe im Armaturenbrett wieder zu.

Gaunt starrte ängstlich in die Tiefe, als die Cessna weiter an Höhe verlor. Dann atmete er erleichtert auf, als die doppelte Lichterreihe des Haupteinflugzeichens unter ihnen auftauchte. Harald Nordur hatte sich mit der veränderten Situation abgefunden . . . und das bedeutete, daß Mattisons Passagiere auf dem Rückflug nach dem Start völlig von der Außenwelt abgeschnitten waren.

Zwei Minuten später setzte die Cessna hart auf der schneebedeckten Landebahn auf. Gaunt und Gudnason kauerten auf dem Fußboden, so daß man sie von außen nicht sehen konnte. Mattison ließ die Cessna so weit wie möglich ausrollen und gab dann Gaunt und Gudnason das verabredete Zeichen, als er die Maschine langsam so wendete, daß die Kabinentür für die Passagiere auf der dem Camp abgewandten Seite lag.

Gaunt öffnete die Tür und sprang kopfüber in den Schnee. Als er auf dem harten, gefrorenen Boden aufschlug, sah er, wie Gudnason seinem Beispiel folgte. Dann schlug die Kabinentür der Cessna wieder zu, und die Maschine rollte langsam auf das Camp zu, während ihre Propeller feinen Schneestaub aufwirbelten.

Gudnason war schlecht aufgekommen und rang verzweifelt nach Luft. Gaunt mußte ihn beinahe hinter sich herzerren, als sie in geducktem Lauf von der Rollbahn wegrannten und sich hinter einem schneebedeckten Wall aus Lavakies verbargen. Von dort aus beobachteten sie, wie die Cessna das Camp erreichte und stehenblieb.

Mehrere Gestalten liefen auf die Maschine zu, als die Motoren verstummten. Dann hörten Gaunt und Gudnason einen lauten Zuruf, und der Lagerjeep raste auf die Cessna zu. Der Wagen hielt an, und seine starken Scheinwerfer tauchten die Szene in grelles Licht. Koffer wurden aus dem Jeep in den Gepäckraum der Maschine geladen.

»Mattison ist mit seinem Trick durchgekommen«, bemerkte Gudnason schließlich zufrieden.

»Jetzt sind wir an der Reihe.« Gaunt beachtete die Kälte nicht, die langsam durch seinen dünnen Overall drang, und hielt die Flinte fest an die Brust gepreßt. Ihr Glück hielt an, aber die Zeit war kurz. Bis zum Start der Maschine blieben ihnen höchstens fünfzehn Minuten. »Fertig?«

Gudnason richtete sich halb auf, stöhnte vor Schmerz, nickte aber.

Sie robbten langsam vorwärts. Ihre weißen Overalls

verschmolzen vollkommen mit dem Weiß der Schneedekke. Wenige Minuten später lagen sie im Schatten einer der Hütten. Von dort hatten sie freie Sicht auf die Landebahn und die Cessna. Inzwischen waren alle Koffer verstaut, der Gepäckraum verschlossen, und Mattisons Passagiere begannen nacheinander an Bord zu klettern.

Gaunt zählte fünf Männer und fuhr sich mit der Zunge über die Lippen. Damit blieben sechs Männer im Lager zurück. Am Jeep stand eine Gruppe von vier Männern. Einer davon war unverkennbar Bjargson, ein anderer konnte Nordur sein, aber Gaunt war sich nicht sicher.

»Irgendwo stecken noch zwei der Brüder«, flüsterte er Gudnason ins Ohr. »Halten Sie die Augen offen.«

Sie glitten tiefer ins Lager hinein. Gaunt schlich voraus und führte Gudnason an der ersten dunklen Baracke vorbei und um die nächste herum. Dann sprang Gaunt plötzlich mit einem Satz hinter eine Hausecke, preßte sich mit dem Rücken gegen die Wand und gab Gudnason aufgeregt ein Zeichen, seinem Beispiel zu folgen.

Vor ihnen lag der klobige Betonbunker. Die Eingangstür stand offen, und grelles Licht beleuchtete den Vorplatz. Im Türrahmen lehnte ein Mann mit einer Maschinenpistole. Dann drehte sich der Wachposten um, als ein zweiter hinter ihm auftauchte. Gaunt und Gudnason hörten Stimmengemurmel und leises Lachen.

»Da haben wir ja die restlichen zwei«, murmelte Gudnason. »Was ist mit Anna?«

Gaunt deutete auf eine kleine Holzhütte, die isoliert neben dem Betonbunker lag. Die Hütte war vom Bunkereingang aus nicht zu sehen, und Gaunt bedeutete Gudnason, ihm zu folgen. Sie schlichen ein Stück des Weges wieder zurück, den sie gekommen waren, und nahmen eine neue Route durch das verlassene Camp. Sie erreichten unbehelligt die Ecke des Blockhauses, das der kleinen

Hütte am nächsten lag und nur durch wenige Meter freies Gelände von ihr getrennt war.

Fast im selben Augenblick heulten die Motoren der Cessna auf. Sie warteten mit angehaltenem Atem, und dann sahen sie, wie die kleine Maschine abhob und am dunklen Himmel verschwand. Kurz darauf gingen auf der Rollbahn die Lichter aus.

»Jetzt«, drängte Gudnason ungeduldig.

»Nein.« Gaunt hielt ihn zurück. Sie warteten, und wie Gaunt vermutet hatte, kam der Jeep von der Landebahn ins Camp gefahren, und der schmale Streifen, den sie hätten überqueren müssen, wurde plötzlich von den Autoscheinwerfern hell erleuchtet. Der kleine Geländewagen hielt vor dem Bunkereingang an, zwei Männer stiegen aus und gingen zu den Wachposten hinüber, die im Türrahmen lehnten. Die vier verschwanden zusammen im Haus, und die Tür schlug zu.

Sekunden später hatten Gaunt und Gudnason die kleine Hütte erreicht. Sie hatte keine Fenster. Die Wände waren aus Rundholz, die schmale Eingangstür aus Metall mit einem schweren Vorhängeschloß verschlossen. Gudnason zog seinen Revolver, steckte den Knauf in den Stahlhaken des Schlosses und brach es mit einem kurzen, kräftigen Ruck auf. Mit einem spöttischen Grinsen öffnete Gudnason langsam die Tür.

»Anna!« rief Gaunt leise.

Nichts rührte sich. Gudnason knipste seine kleine Taschenlampe an und leuchtete ins Innere der Hütte. Außer einigen Kerosinfässern konnten sie jedoch nichts entdekken. Leise fluchend knipste Gudnason seine Lampe wieder aus.

»Entweder hat Close gelogen oder . . .«

»Oder sie haben sie woanders hingebracht«, ergänzte Gaunt und wußte plötzlich, wo Anna festgehalten wurde.

»Die zwei Wachposten vor dem Betonbunker . . .«

»Wenn sie dort ist, können wir einpacken«, flüsterte Gudnason mutlos. »Um da reinzukommen, bräuchten wir Artillerie.«

»Ja, vermutlich.« Gaunt sog prüfend die Luft ein. Es roch stark nach Kerosin. Gaunt schlich in die Hütte und klopfte prüfend an die Fässer. Die meisten schienen voll zu sein. »Wenn wir schon nicht reinkommen, können wir sie vielleicht rauslocken«, schlug er vor.

»Wie denn?« Dann begriff Gudnason, was Gaunt meinte. »Ein kleines Feuerwerk? Warum nicht?« Er knipste erneut die Taschenlampe an, schraubte den Verschluß von einem Faß und rüttelte mit beiden Händen an diesem. Die Flüssigkeit im Inneren schwappte gluckernd hin und her. »Hm, das klingt gut.«

»Dann erledigen Sie das hier«, sagte Gaunt leise. »Ich sehe mal nach Nordur.«

Er war fort, bevor Gudnason protestieren konnte, und schlich lautlos durchs Camp, bis er das Blockhaus erreicht hatte, in dem das Büro untergebracht war. Die Tür war zu, aber hinter den Fenstern brannte Licht, und aus dem Schornstein stieg eine dünne Rauchsäule auf. Gaunt schlich zum Fenster und spähte vorsichtig hinein. Im nächsten Moment zuckte er erschrocken zurück.

In dem kleinen Büroraum waren sowohl Harald Nordur als auch Bjargson und Garram, der Ausbilder, den die Schüler den ›Gorilla‹ nannten.

Gaunt biß sich fest auf die Unterlippe. Die Versuchung, die Hütte zu stürmen und Chris zu rächen, war groß. Er ließ den Gedanken nur zögernd wieder fallen, als er an Anna Jorgensdottir und Gudnason dachte.

Er holte tief Luft, duckte sich und schlich so lautlos davon, wie er gekommen war.

Als er zu dem kleinen Treibstofflager zurückkehrte,

war Gudnason bereits fertig. Zwei Fässer lagen umgekippt auf dem Boden, und daraus floß Kerosin gurgelnd zur Tür. Die Verschlüsse der übrigen Fässer waren ebenfalls von Gudnason geöffnet worden.

»Haben Sie ein Zündholz?« erkundigte sich Gudnason und hielt Gaunt ein mit Kerosin getränktes Stück Stoff unter die Nase, das er aus seinem Overall herausgerissen hatte.

»Hier.« Gaunt gab ihm sein Feuerzeug. »Ich warte beim Bunker und versuche, sofort reinzukommen. Zünden Sie den Schuppen hier an, und folgen Sie mir dann nach.«

Gudnason nickte stumm. Gaunt drehte sich um, er pfiff leise durch die Zähne. Bäche von Kerosin liefen aus der Hütte den sanften Abhang zum Bunker hinunter. Sobald das Brennöl angezündet war und die restlichen Fässer explodierten, würde der Bach zum lodernden Strom werden und den Bunker in einen glühenden Backofen verwandeln.

»Zum Umkehren ist es jetzt zu spät«, sagte Gaunt grimmig.

»Ja.« Gudnason brachte ein Lächeln zustande. »Der einzige Vorteil ist, daß wir Hansen jetzt kein Funksignal mehr senden müssen. Er braucht nicht mal mehr ein Einflugzeichen, um hier landen zu können.«

Gaunt ließ Gudnason allein zurück, rannte zum Bunker hinüber, kauerte im Schatten des parkenden Jeeps nieder und gab Gudnason das verabredete Zeichen.

Im nächsten Moment wurde aus der kleinen Flamme des Feuerzeugs eine brennende Fackel, als das ölgetränkte Stoffstück Feuer fing. Gaunt sah, wie Gudnason das Stoffstück in die Hütte warf und losrannte. Dann ging das kleine Brennstofflager mit einem dumpfen Knall in Flammen auf und brannte lichterloh.

Kurz darauf explodierte das erste Ölfaß mit einem weiteren Knall. Die Eingangstür des Bunkers flog auf, und ein Mann starrte fassungslos in das grellgelbe Flammenmeer hinaus. Er schrie etwas Unverständliches, und im nächsten Augenblick standen alle vier Wachposten mit Maschinenpistolen vor der Tür und beobachteten hypnotisiert, wie der lodernde Kerosinstrom langsam auf sie zu floß. Dann rannten sei beinahe gleichzeitig los, machten einen großen Bogen um den brennenden Treibstoff und liefen auf die Hütte zu.

Gaunt sprang auf die Beine, machte zwei Schritte auf die offene Tür des Bunkers zu und blieb dann wie gelähmt stehen.

Gudnason hatte offensichtlich nicht versucht, den Bunker zu erreichen, sondern war plötzlich am Rand des Flammenmeers auf der anderen Seite des brennenden Schuppens aufgetaucht und stand so plötzlich den vier Männern gegenüber. Als das nächste Kerosinfaß explodierte, kniete der Inspektor nieder, hob mit beiden Händen den Revolver und drückte ab.

Einer der vier Männer fiel mit einem Aufschrei zu Boden und hielt sich ein Bein. Seine drei Komplicen gingen sofort in Deckung, verteilten sich, und das Rattern ihrer Maschinenpistolen übertönte das Prasseln der Flammen kaum, als Gudnason in Richtung Camp davonrannte.

»Mistkerl!« schimpfte Gaunt wütend, denn er wußte, daß der Versuch des Inspektors, die Aufmerksamkeit auf sich zu lenken und damit Zeit zu gewinnen, praktisch Selbstmord war.

Gaunt wirbelte herum, rannte in den Bunker, einen Korridor entlang und in einen hell erleuchteten, großen Raum, von dem mehrere Türen abgingen.

Er rief Annas Namen. Falls aber Anna antwortete, ging ihre Stimme im nächsten Explosionsknall unter.

»Anna!« schrie Gaunt erneut aus Leibeskräften. »Wo sind Sie?«

»Hier!« kam es gedämpft aus einer Ecke. »Hierher!«

Gaunt lief instinktiv auf eine Tür zu. Sie war verschlossen. Er nahm Anlauf, warf sich dagegen, und im nächsten Moment flog sie krachend auf.

Anna Jorgensdottir saß an Händen und Füßen gefesselt auf einem Feldbett und starrte Gaunt ungläubig an. Gaunt zog sein Messer, schnitt ihre Fesseln durch, stellte sie auf die Beine und zerrte sie zur Tür.

»Los, wir müssen raus, Anna!«

Anna gehorchte stumm und stolperte mit ihm aus dem Zimmer. Gaunt hatte die Gestalt im Türrahmen gar nicht richtig gesehen, aber er stieß Anna instinktiv zu Boden und ging dann selbst in Deckung, als eine Kugel über ihre Köpfe hinwegpfiff. Er rollte blitzschnell zur Seite, brachte das Schrotgewehr mit dem abgesägten Lauf in Anschlag und feuerte aus beiden Läufen.

Die dunkle Gestalt taumelte getroffen zurück und sackte in sich zusammen. Gaunt riß Anna wieder auf die Beine und zerrte sie an dem Toten vorbei, der quer im Eingang lag. Es war Gunnar Bjargson.

Im nächsten Moment waren sie draußen im Freien, und Gaunt begann, Anna hinter sich herziehend, zu laufen. Der brennende Kerosinstrom hatte bereits die Ecke des Betonbunkers erreicht.

Ein Schuß hallte durch die Dunkelheit und schlug in die Wand einer nahegelegenen Baracke ein. Verwirrt und unsicher darüber, woher der Schuß gekommen war, schubste Gaunt Anna in den Schatten der Baracke, lud das Schrotgewehr wieder und kauerte neben Anna nieder.

»Hier.« Er drückte ihr das Gewehr in die Hand. »Wenn es nötig ist, dann zielen Sie und schießen.«

»Ich?« Ihre Augen wurden groß.

»Sie haben doch gesehen, was sie mit Chris gemacht haben, oder?« entgegnete er barsch.

»Ja«, flüsterte sie und hielt das Gewehr fest.

Gaunt nahm seinen Revolver aus dem Halfter. Angestrengt starrte er in das gleißend gelbe Inferno der Flammen und hörte plötzlich ein anderes, vertrautes Geräusch. Erleichtert drehte er sich zu Anna um, um ihr Bescheid zu sagen, und sah in diesem Augenblick Harald Nordur, der hinter der entgegengesetzten Ecke des Blockhauses hervortrat. Die lodernden Flammen spiegelten sich in seinen Brillengläsern und im glänzenden Lauf seines Karabiners wider.

Als sich der Schuß aus dem Karabiner löste, schrie Anna laut auf. Gaunt fühlte einen stechenden Schmerz an der Stirn und fiel in ein glühend rotes, bodenloses Loch, während sich die ganze Welt um ihn herum in einem einzigen Explosionsknall aufzulösen schien. Dann schrie Anna zum zweiten Mal gellend auf.

Als er wieder zu sich kam, hatte er entsetzliche Kopfschmerzen, und grelles Licht blendete seine Augen. Langsam erkannte er, daß er auf einer Decke auf dem Fußboden des Büros im Alfaburg-Camp lag. Das grelle Licht kam von der Lampe an der Decke.

»Es wurde langsam Zeit, daß Sie aufwachen«, sagte eine Stimme neben ihm. Gaunt starrte ungläubig in Gudnasons gutgelauntes Gesicht.

Der Inspektor trug einen Arm in einer Schlinge. Er legte den gesunden Arm um Gaunts Schultern und richtete ihn vorsichtig auf.

»Ihr verdammten Schotten seid wirklich nicht umzubringen«, erklärte er grinsend. »Jarl . . .«

Jarl Hansen kniete neben ihnen nieder und hob eine Tasse an Gaunts Lippen. Gaunt trank einen Schluck, schmeckte Whisky und hustete, als der Alkohol wie Feuer in seiner Kehle brannte. Dann half ihm Hansen auf einen Stuhl.

In dem kleinen Büro hatte sich eine Menge Leute versammelt. Zwei davon waren Gudnasons Männer, die anderen kannte Gaunt nicht. Sie trugen Zivil und sprachen mit amerikanischem Akzent.

»Was, zum Teufel, ist eigentlich passiert?« erkundigte sich Gaunt schwach. Dann setzte er sich plötzlich abrupt auf. »Wo ist Anna?«

»Auf dem Weg nach Hause. Ein Hubschrauber bringt sie gerade nach Reykjavik zurück. Keine Angst, sie ist gesund und munter«, beruhigte Gudnason ihn. »Sie hat Ihnen das Leben gerettet, Gaunt«, fuhr er dann fort. »Als wir Sie gefunden haben, sind Sie bewußtlos gewesen. Die Kugel hat Sie an der Schläfe gestreift. Harald Nordur lag tot einige Meter von Ihnen entfernt. Er hatte eine volle Ladung Schrot abbekommen. Anna hat ihn mit Ihrer Flinte getötet.«

Zu diesem Zeitpunkt waren Jarl Hansen und Gudnasons Spezialeinheit bereits gelandet und hatten den Rest besorgt. Gaunt erfuhr, daß es Gudnason nach der Attacke beim Treibstofflager gelungen war, trotz einer Kugel in der Schulter seinen Verfolgern zu entkommen und über Funk Hansen herbeizurufen.

Aber Hansen und die Polizeibeamten waren nicht allein gewesen. Jacob Magnusson hatte dafür gesorgt, daß kurz nach der Cessna zwei große Transporthubschrauber ohne Hoheitszeichen in Alfaburg gelandet waren. Die Insassen waren amerikanische Soldaten in Zivil vom Militärstützpunkt in Keflavik gewesen.

»Tja, damit ist der Fall wohl abgeschlossen«, seufzte Gudnason. »Einer meiner Leute und ein Amerikaner sind leicht verwundet. Garram und drei andere haben wir gefaßt. Der vierte Ausbilder ist noch flüchtig, aber hier in dieser Lavawüste kommt er nicht weit.« Er kicherte. »Mattison hat seine fünf Passagiere geschlossen der Polizei übergeben. Ein entsprechendes Empfangskomitee hatte sie bereits am Flughafen erwartet.«

»Wir hatten Glück«, murmelte Gaunt.

»Mehr Glück als Verstand«, pflichtete Gudnason ihm bei. »In dem Bunker waren Sprengstoffe gelagert. Durch die Hitze der Flammen hat sich das Zeug entzündet und den halben Bunker in die Luft gesprengt. Den anderen Teil der Ladung haben wir in Zahnpasta- und Rasiercremetuben und in anderen netten Behältern im Gepäck von Nordurs Spezialeinheit gefunden. Es hätte genügt, um ein schönes Loch in die Innenstadt von Paris zu sprengen.«

»*Herra* Gaunt!« Hansen trat zu ihm. »Ich fliege jetzt nach Reykjavik zurück. Wollen Sie mitkommen?«

Drei Tage später, nach einem herzlichen Abschied von Anna Jorgensdottir und Lief Ragnarson, verließ Gaunt Island. Gudnason brachte ihn persönlich zum Flugplatz nach Keflavik. Sie tranken noch einen Whisky zusammen, und Gudnason verabschiedete sich schließlich, als Gaunts Flug ausgerufen wurde. Gaunt wurde es erst in diesem Moment bewußt, daß er nicht einmal Gudnasons Vornamen kannte.

Gegen zwölf Uhr mittags landete die Maschine in Glasgow. Eine Stunde später erreichte Gaunt Edinburgh, nahm ein Taxi zur George Street und betrat das große Gebäude, in dem die Büros des Queen's und Lord Treasurer's Remembrancer untergebracht waren.

Henry Falconer erwartete Gaunt bereits in seinem Büro.

»Schottland hat Sie wieder«, murmelte er und schüttelte Gaunt die Hand. »Wir sind schon ausführlich informiert worden. Der Remembrancer ist sehr zufrieden ... vor allem, weil die gefürchtete Publicity ausgeblieben ist.« Falconer spitzte die Lippen. »Allerdings ist da noch der Handel mit Arkival ...«

Gaunt reichte Falconer wortlos Lief Ragnarsons Barscheck über achtundzwanzigtausend Pfund. Die Vertragsdokumente sollten nach der Ausfertigung per Luftpost nach Schottland geschickt werden.

»Gut.« Falconer stand auf und kam um seinen Schreibtisch herum. »Das Mädchen, das erschossen worden ist ...«

»Sie ist gestern beerdigt worden«, sagte Gaunt ruhig.

Gaunt war dabeigewesen, hatte sich jedoch unauffällig im Hintergrund gehalten. Er hatte die Eltern und das kleine Mädchen mit dem kupferbraunen Haar gesehen.

»Ich glaube ...« Falconer verstummte, musterte Gaunt nachdenklich und überlegte es sich anders. »Hören Sie, Ihr verdammter Börsenmakler hat mich mit Anrufen bombardiert. Sie sollen sich sofort bei ihm melden. Es ist dringend. Was ist? Essen wir zusammen zu Mittag?«

»Danke, vielleicht ein andermal.« Gaunt ging in das angrenzende Büro hinüber und wählte John Miltons Nummer.

»Ah, endlich!« ertönte John Miltons Stimme am anderen Ende. »Diesmal war's der große Wurf. Ich habe getan, worum Sie mich gebeten haben, und, Jonny, Sie haben prompt 'ne Menge Geld verdient.«

»Mit den Commonwealth-Aktien?« fragte Gaunt.

»Um Gottes willen nein!« Milton schnaubte verächtlich. »Die habe ich gekauft und sofort ohne Verlust wieder verkauft. Dafür habe ich ein hübsches Paket High-Ledge-Aktien erworben.«

»High Ledge?« wiederholte Gaunt ungläubig. »Aber die Dinger sind doch nichts wert?«

»Jonny, Sie sind nicht auf dem laufenden. Diese Aktien sind in den vergangenen Tagen beinahe raketenartig im Kurs gestiegen. Wenn Sie jetzt verkaufen, können Sie die restlichen Raten für Ihren Wagen bezahlen und vielleicht sogar noch was auf die Bank bringen. Sie haben Ihr Konto doch sowieso schon überzogen.«

»Ich verstehe.« Gaunt lehnte sich gegen den Schreibtisch und sagte dann gelassen: »Verkaufen Sie die Aktien, Milton. Mit dem Gewinn . . . tun Sie mir einen Gefallen?«

»Natürlich, jederzeit.«

»Da . . . da ist ein kleines Mädchen in Island, das ich kenne. Ich möchte, daß sie das Geld bekommt.« Er gab Milton Namen und Adresse und legte auf.

Dann holte er tief Luft und kehrte in Falconers Büro zurück.

»Okay, Henry, ich habe meine Pläne geändert«, erklärte er. »Ich gehe doch mit Ihnen zum Essen. Dabei kann ich Ihnen dann gleich meine Spesenabrechnung präsentieren.«